The 26-Storey Treehouse

瘋狂樹屋26層

海盜船與死亡迷宮

安迪‧格里菲斯 Andy Griffiths 著

泰瑞‧丹頓 Terry Denton 繪

鄭安淳 譯

我們都愛樹屋大推薦！
假如我有樹屋……

海狗房東 （童書推廣與故事師資培訓人）

　　我的樹屋有許多通往不同地方的房間，讓我可以四處旅行和探險……

　　好吧！我承認，我的鄰居被獅子嚇昏過幾次。因為我從非洲草原回來後沒有鎖門，而我也是被獅子一路追回來的。要是你，逃命的時候還會記得鎖門嗎？也有人宣稱看到外星人（他們喜歡趁機跑來看地球人拍的外星人電影！），或發誓遇到愛迪生（他來蒐集科學情報），也是我忘了鎖上宇宙門和時空旅行門的緣故。

　　以後我一定會、保證會、絕對會記得鎖門。但是現在，我必須先想辦法將躲在你家附近的幾隻迅猛龍抓回來，在我抓到之前，奉勸你乖乖躲在家裡讀《瘋狂樹屋26層》，以策安全。什麼？迅猛龍就在我背後？少開玩笑了。真的嗎？真的嗎？真的……啊！

張智惠 （財團法人泰美教育基金會執行長／泰美親子圖書館館長）

　　假如我有樹屋的話，我要有糖果製造機，還要有吊糖果的機器。
　　假如我有樹屋的話，我要有快樂跳跳床，可以表演各種翻滾姿勢。
　　假如我有樹屋的話，我要有100層樓高的瘋狂溜滑梯，超級驚險刺激！
　　假如我有樹屋的話，我一定要每天請朋友來樹屋玩遊戲。
　　如果你有樹屋的話，你會有什麼瘋狂的點子呢？可以看看《瘋狂樹屋26層》，相信你也會和我一樣喜歡愛上這本書。

黃哲斌 （媒體工作者）

　　樹屋是無數童年的夢想，也是逃避平凡的城堡。如果我有樹屋，會讓它變成壞心情的儲藏室，小祕密的圖書館，死黨限定的遊戲間，逃脫計畫的地圖室。我會在裡面發呆、做夢、密謀、練習口琴、假扮將洋大盜，直到，我媽叫我下來晚餐為止。

黃震宇 （高雄鳳翔國小老師）

　　我的樹屋由大大小小的書本堆砌而成，總共有九面牆，一面總類，一面哲學類，其他依序為宗教、自然科學、應用科學、社會科學、中國史地、世界史地、語文和美術類，就像一間小型圖書館。唯一不同之處在於，樹屋裡收錄的全是作者的原版作品和未來手稿，甚至連《瘋狂樹屋》系列作者目前還沒完成的《瘋狂樹屋 103 層》，都已經在架上了。不管是已經絕版的，或是還沒上市的，在我的樹屋你絕對都找得到。想看 J.K. 羅琳正準備完成的《哈利波特》嗎？快來我的樹屋就對了，保證讓你滿足閱讀的渴望。

目次

無止境的瘋狂想像與冒險

◎ 黃筱茵 （兒童文學工作者）

　　《瘋狂樹屋 26 層：海盜船與死亡迷宮》為大小讀者帶來比上一集更精采刺激的冒險！光是樹屋每次都加蓋十三層（從 13、26、39、52 到 65 ！哇，天知道還會不會永無止境的擴建下去？嘻嘻！）就夠讓人興奮了！讀者閱讀這系列的故事時，肯定邊跳邊讀、眼睛發光、快樂指數直線上升、頭腦裡沉睡許久的神經突觸瘋狂連結！幽默破表的作者想像力彷彿沒有盡頭，讀者一翻開書頁，就像搭上直通宇宙的雲霄飛車，捧腹歡笑的同時還得緊緊抓住握桿。因為啊，我們正一路往天際飆升呢！

　　作者與繪者搭檔在「瘋狂樹屋」系列中，盡情潑灑小男孩的夢想。安迪和泰瑞不但住在樹上，他們的樹屋裡還配備所有屬於小男孩的夢幻遊樂裝置：肚子餓時，有無限供應的棉花糖機；口渴時就跳進汽水池；祕密實驗室隨時可以開發更多新奇的物品。《瘋狂樹屋 26 層》除了延續《瘋狂樹屋 13 層》的鯊魚游泳池，還增設碰碰車遊戲區、反重

力室、供應七十八種口味的冰淇淋店加上挖冰淇淋的機器人，甚至複雜的死亡迷宮！故事中的安迪和泰瑞已經不是小小孩，卻每天徜徉在不受現實制約的逍遙日子裡。而雖然所有的夢幻配備都像是為男孩量身打造，女孩子可能也會無限嚮往熱鬧精采的「樹屋生活」喔！

　　越蓋越高的「樹屋系列」以後設形式擬蓋基本架構，每集的開場都是悠遊自在的雙人組趕稿，中段兩人遇到危機、圓滿的解決，結尾則是兩人記錄下瘋狂的冒險，交到大鼻子先生手上。讀者剛才讀完的高潮迭起冒險經歷就是他們完成的新作，也是讀者手上正捧讀的這本書。安迪和泰瑞（小說中主人翁的名字正是現實中作者和繪者的名字！）從頭到尾都在對讀者說話，他們訴說天馬行空的經歷，同時不斷召喚讀者參與他們的瘋狂冒險。此後設形式的運用，反而讓各種如果發生在現實中會讓人驚訝得闔不攏嘴的情境與情節，彷彿順水推舟般順暢發展。

　　此外，以「樹屋」為基地發展的故事，竟然因為作者的想像上天下海，讓樹屋歷險記不受限於樹中生活。除了

《瘋狂樹屋13層》裡，被泰瑞變成飛天貓的絲絲是穿針引線的重要角色以外，而在本書裡不但有鯊魚開刀，還有一大班找上門來的凶惡海盜！安迪和泰瑞究竟要如何打敗讓全世界聞之喪膽的「木頭木腦船長」呢？在這裡，我可要賣個關子啦，哈哈！

　　至於故事的主角，除了安迪與泰瑞以外，另一個主要角色是他們在森林裡的鄰居吉兒。吉兒冷靜聰明，時常在他們遇到危險的關頭出手相救，讓女孩讀者認同她的機智沉著。

　　一起推開瘋狂樹屋的門扉吧！迎面而來的保證是讓人大呼過癮的冒險經歷，可別告訴我你其實已經腳底冒汗、偷偷發抖囉，唷ㄏ ㄏ！

第 1 章

瘋狂樹屋二十六層

嗨，我叫安迪。

這是我朋友泰瑞。

我們住在樹上。

噢，當我說「樹上」，

指的是樹屋。

我說的「樹屋」可不是普通樹屋

──是**二十六層瘋狂樹屋**！

（以前是十三層瘋狂樹屋，不過我們又加蓋了十三層。）

你還等什麼？

快上來啊！

我們增加了碰碰車遊戲區

滑板坡道（附帶驚險的鱷魚坑陷阱）

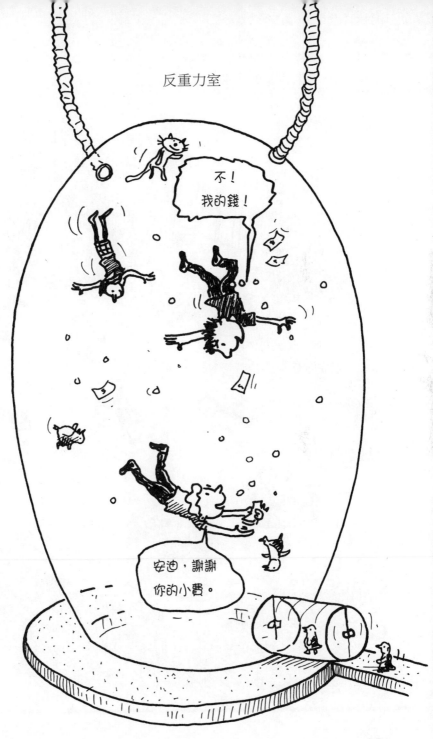

溜冰池（有活生生的企鵝在溜冰）

錄音工作室

名字是「凱文」的鬥牛機、

自刺機（要是你看不懂，意思就是自動刺青機）、

供應七十八種口味的冰淇淋店，和名字是「愛德華勺子手」的挖冰淇淋機器人。

還有死亡迷宮。它實在太複雜，走進裡頭的人再也沒有出來過。

樹屋不但是我們的家，也是我們一起合作寫書的地方。
我寫故事，泰瑞畫插圖。

就像你看到的，我們已經合作好一陣子了。

當然啦，有時候泰瑞有點煩……

不過大多時候，我們都很合得來。

第 2 章

我們是怎麼認識的

　　如果你跟我們大多數的讀者一樣，你大概會疑惑我是怎麼認識泰瑞的。噢，這說來話長，不過內容很刺激，故事的開頭是這樣的⋯⋯

很久很久以前，
在一個遙遠的地方，
有座大都市……

41

高塔的頂端有一間公寓……

公寓裡住著寂寞的小男孩……

鈴！鈴！

鈴！鈴！

鈴！鈴！

等一下，我們的視訊電話響了。

可能是我們的編輯大鼻子先生打來的，我最好趕快去接。

很好，我猜對了。是大鼻子先生。世界上只有他的鼻子那麼大。

　　「怎麼這麼久才接電話？」他說，「你知道，我是大忙人。」

　　「可是電話才響了六聲。」我說。

　　「少狡辯！」他說，「我很忙，沒時間跟你爭辯！新書寫得怎麼樣了？」

　　「一切順利，」我說，「我正在講認識泰瑞的經過。」

　　「好主意！」大鼻子先生說，「話說回來，你們兩個搗蛋鬼到底是怎麼認識的？」

　　「噢，說來話長，」我說，「很刺激，而且……」

「我沒空聽你們長篇大論，」大鼻子先生說，「寫在書裡。只要保證下星期五，新書會在我桌上！」

視訊螢幕上的畫面就消失了。

星期五？

而且是下星期！

時間不多了，我最好繼續往下說。嗯，剛才講到哪？

讓我瞧瞧……

遙遠的地方⋯⋯

大都市⋯⋯

很高很高的塔⋯⋯

「安迪！」泰瑞衝進廚房，「我們有麻煩了！」

「什麼麻煩？」我問。

「鯊魚生病了！」

「怎麼會生病？」

「牠們吃了我的內褲！」

第 3 章

鯊魚為什麼
吃掉泰瑞的臭內褲

我盯著泰瑞好一會兒，想搞清楚他說的話。

「抱歉，」我說，「我一定是聽錯了，你剛才是說『鯊魚吃了你的內褲』嗎？」

「我是那樣說沒錯啊！」泰瑞說，「現在鯊魚真的病了！躺在水槽底部一動也不動。」

「可是鯊魚為什麼會吃掉你的內褲？」我問，「我是說，鯊魚怎麼會有你的內褲？」

「噢，」他說，「我突發奇想，想要用食人鯊水槽洗內褲。我在水槽上方吊了假人，鯊魚以為是活人，就會跳起來想咬它，攪動水槽裡的水……你知道，就像洗衣機那樣。」

「接著，我把內褲捲在棍子另一端，放進水裡。」

「可是鯊魚跳來跳去，棍子上的內褲被撞落下水，鯊魚就吃掉了。現在鯊魚躺在水槽底部，皮膚都變成奇怪的綠色！」

綠色

水槽
底部

你知道，以前泰瑞經常做蠢事，不過這是最蠢的一次！

泰瑞做過的蠢事前五名

5. 把（很多）果凍粉
倒進企鵝浴缸。

4. 在沙灘上騎馬，路過寫著
「小心流沙」的警告標示牌。

馬兒，快走出去了，沒事的。

3. 和大象朋友一起划船。

2. 帶大蟒蛇看電影。

1. 試著在鯊魚水槽裡洗內褲。

「安迪，我們該怎麼辦？」泰瑞問。

「我不知道，」我說，「除非我們認識一個人，她喜歡動物、對動物瞭若指掌，又住在附近能馬上過來……」

「沒錯，」泰瑞說，「像是吉兒。」

「沒錯，」我說，「就是吉兒！」

「嘿，我知道了！」泰瑞說，「我們何不打電話向吉兒求救？」

「好主意！」我說。

要是你不知道吉兒是誰，她是我們的鄰居。她就住在森林的另一頭，她喜歡動物，也對動物瞭若指掌。她有兩隻狗、一隻山羊、三匹馬、四尾金魚、一頭牛、六隻兔子、兩隻天竺鼠、一隻駱駝、一匹驢子，還有十三隻飛天貓。

泰瑞跳起來。「我現在就用視訊電話打給她！」

「可是吉兒沒有視訊電話。」我說。

「沒問題，」泰瑞說，「那就改用我新發明的『超彈力無限伸長鍍鈦通話管』。」

「嗨，吉兒，」泰瑞說，「妳可以馬上過來樹屋嗎？」

「我現在有點忙，」吉兒說，「我跟飛天貓在喝下午茶。」

「可是情況緊急！」泰瑞說，「鯊魚生病了！」

「鯊魚怎麼了？」吉兒問。

「牠們吃了我的內褲。」泰瑞說。

「你的內褲？」吉兒繼續問，「噢不！吃了幾件？」

「三件。」泰瑞回答。

「希望是洗乾淨的。」吉兒說。

「呃，不是，」泰瑞說，「事情是這樣，妳懂的⋯⋯我正想洗內褲。」

「噢！不！」吉兒驚呼，「我馬上到！在鯊魚水槽碰面！」

「她到了！」泰瑞說。

「哇，」我說，「還真快！」

「是啊，」吉兒說，「飛天貓真的很棒！泰瑞，讓絲絲變成飛天貓是你做過最厲害的事。至於餵鯊魚吃內褲，可以說是你做過最糟的事。」

64

吉兒往水槽裡頭看。「可憐的鯊魚，」她說，「我最好下水仔細瞧瞧。」

我們望著吉兒和她的飛天貓潛入水槽，開始工作。

她試了水底針灸……

背鰭按摩……

冥想引導……

你在冰涼的深海裡……看到一個無力擺動的身影……

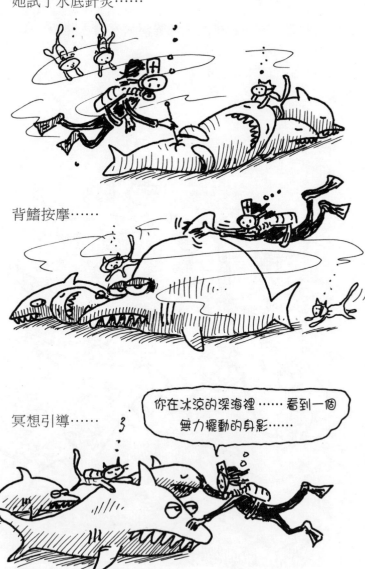

鯊魚有氧運動……

觀賞勵志影片……

可是全都沒用。

最後，吉兒浮上水面。「牠們絕對是我見最嚴重的鯊魚，」她說，「老實說，必須開刀才行。」

「開刀？」我說。

「對，」吉兒說，「我要幫鯊魚動手術。」

第4章

鯊魚手術

你不得不佩服吉兒，她真的很愛動物，
連鯊魚也不例外。

我的意思是，我喜歡動物，也覺得鯊魚真的很酷，可是，就算鯊魚病到不能動彈，也休想要我下水幫牠們動手術！

從泰瑞發抖的樣子看來，他也不太樂意。

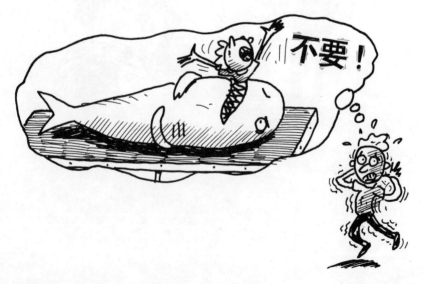

「噢，」我說，
「我想這件事就交給
妳了。祝妳好運！」

「你們想溜去哪兒？」
吉兒說。
「廚房，」我說，
「我跟讀者講故事講到
一半呢。」

「沒錯，」泰瑞說，
「我最好也一起，安迪需要我幫忙畫插圖。」

「不，你們不能去，」吉兒說，「你們兩個都要留在這裡，協助我開刀。」

「可是讀者怎麼辦？」我說。

「別擔心，」吉兒說，「讓我來處理。」

「瘋狂樹屋的讀者，不好意思！很不幸的，樹屋出了點緊急事故，我必須借用安迪和泰瑞一下子。沒問題嗎？太好了！多謝體諒。你們要繼續往下看也沒關係！不過別打噴嚏，我們不想讓可憐的鯊魚接觸更多病菌。」

她轉頭看向我們。

「我跟讀者解釋過了，他們不介意。你們快換上潛水衣，準備動手術。」

我們聳聳肩，穿上潛水服跟著吉兒下水。

不知道你有沒有進到食人鯊水槽裡的經驗，相信我，真的很可怕。跟水槽外面相比，鯊魚在水底下看起來更巨大。

「要是手術途中鯊魚醒過來又肚子餓的話，怎麼辦？」我説。

「鯊魚不會醒的，」吉兒説，「相信我。不過保險起見，我幫鯊魚各打一針呆瓜醫生的瞌睡鯊魚安眠藥。」

「我可以問一個問題嗎？」我說。

「當然可以。」吉兒說。

「我們不是在水槽裡面嗎？」

「對啊，當然是。」她說。

「那為什麼我們可以講話？」

「安迪，抱歉，可是你問了兩個問題，我們沒時間回答第二個。準備好了嗎？」

「好了，可是我們要做什麼？」泰瑞說，「我沒幫鯊魚開過刀。」

「不會太困難，」吉兒說，「你知道如何拉拉鍊，對吧？」

　　「嗯。」

　　「噢，鯊魚肚子下面有條拉鍊。只要拉開它，取出裡面的東西就好。」

　　「哇！」我說，「我從來不知道鯊魚身上有拉鍊！」

　　我拉開鯊魚的拉鍊往裡頭瞧，跟你現在可能想像的一樣，鯊魚肚子裡都是魚。我完全沒看到任何長得像泰瑞內褲的東西，卻發現一個又大又圓的不明物體，於是伸手拿起它。

　　「嘿，看我找到什麼！是『木頭木腦船長』的木頭腦袋！」

「天啊！」泰瑞驚呼。

「嗯，」吉兒說，「這太恐怖了。」

吉兒說得對，太恐怖了。

雖然木頭木腦船長連眼睛也是木頭，可是它的視線彷彿直直釘在你身上。

此外，還有一個巧合，真的。我剛才提到與泰瑞認識的故事裡，木頭木腦船長其實也有出現。

　　還記得故事裡寂寞的小男孩嗎？那個住在很高的高塔頂端的？嗯……

「安迪!」吉兒說,「別再和讀者聊天!還要我提醒你,我們的鯊魚手術進行到一半嗎?專心完成手術,之後你要亂講什麼都行。」

「我不是在『亂講什麼』,」我說,「而是在『講故事』。」

吉兒和泰瑞看著彼此,翻了個白眼,笑了。

「無論如何,」吉兒說,「等一下再說。」

「嘿，看我找到什麼！」泰瑞拿出一件內褲。

「我也找到了第二件，」我從鯊魚肚子拖出內褲。

「這邊有第三件，」吉兒把內褲拎得遠遠的。「泰瑞，你的內褲好噁心！」

「我知道！」他説，「所以我才想洗內褲啊！」

「鯊魚現在沒事了嗎？」我問。

「希望如此，」吉兒說，「最好先幫鯊魚拉上拉鍊，讓牠們好好休養。接下來的工作交給我跟飛天貓。」

第 5 章

泰瑞的故事

回到廚房，自動棉花糖機偵測到我們肚子餓壞了，開始往我們嘴裡投擲棉花糖。

「所以，」泰瑞滿嘴棉花糖，含糊的說，「在我打斷你說話之前，你跟讀者講了什麼故事？」

「我告訴他們，我們是怎麼認識的。」我說。

「噢，那故事我喜歡！」泰瑞說，「我們都在森林裡迷了路……

然後我們相遇，發現一間薑餅蓋成的屋子……

我們開始吃起薑餅屋的時候，有個嬌小的好心老太太從屋裡走出來，邀我們進去……

接著，她把你關進籠子裡，等著養肥吃掉你……現在回想起來，一個嬌小的好心老太太做出這種事真的不太好。

所以我推她進火爐裡⋯⋯現在想想，我也做了件不太
好心的事，可是⋯⋯」

「泰瑞，」我說，「那不是我們相遇的故事⋯⋯那是
《糖果屋》！是童話故事！」

（記得我說過，有時候泰瑞有點煩嗎？現在就是。）

泰瑞皺眉，看起來很困惑。「噢對……我搞錯了，」他說，「我現在想起來了。我帶了一些食物，準備探望生病的奶奶，在森林裡遇到你。

你有大眼睛……

大牙齒……

你全身長滿了毛……

你還穿上奶奶的衣服……我一直不懂你為什麼要穿成
那樣。」

「我才沒有！」我說，「那也不是我們相遇的故事。那是《小紅帽》！」

　　泰瑞甩甩頭。「是嗎？對耶！安迪，抱歉！我怎麼這麼笨呢？等等，我想到了。那是在一座城堡裡⋯⋯

我們在舞會裡相遇，一起跳舞⋯⋯

然而，午夜十二點鐘聲一響，你就跑出城堡，留下一隻水晶拖鞋。

　　我到處尋找你，在王國的每個地方找，可是……」

「泰瑞！」我大叫，「你越講越離譜！那是《灰姑娘》！」

泰瑞聳聳肩。「那我放棄，我完全想不起來我們是怎麼認識的。」

「噢，」我說，「只要你保證接下來的二十一頁都不開口，我就告訴你。」

「好吧，」泰瑞說，「我保證。」

很久很久以前，在一個遙遠的地方，有座大都市……

大都市裡有座很高很高的塔……

高塔的頂端有一間公寓……

公寓裡住著寂寞的小男孩……

小男孩很寂寞，他一個朋友也沒有。為什麼他沒有朋友呢？因為他的爸媽覺得朋友太危險了。

　　老實說，他們認為所有東西都很危險。他們從來不讓小男孩踏出公寓。

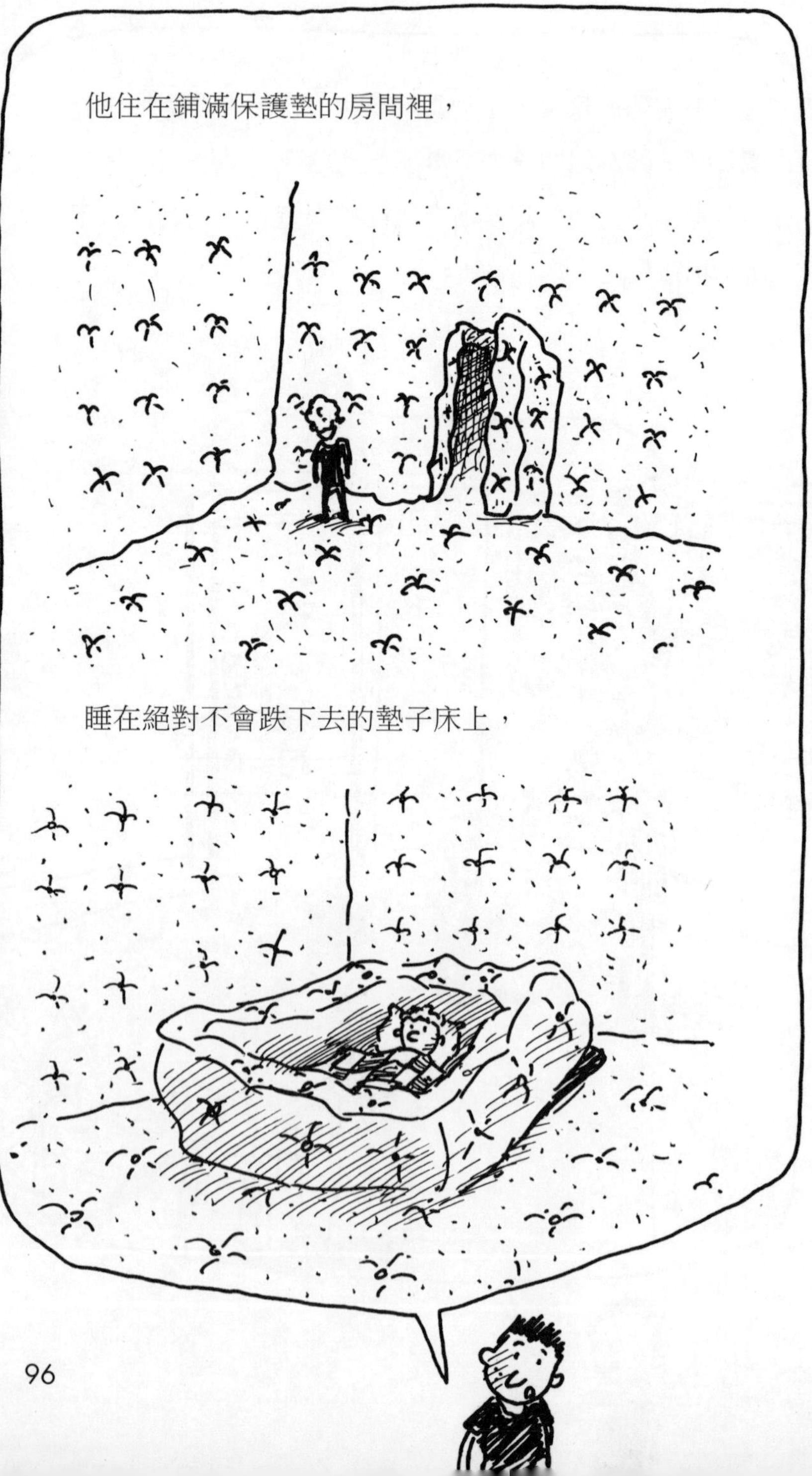

他住在鋪滿保護墊的房間裡，

睡在絕對不會跌下去的墊子床上，

坐在摔不出去的墊子椅，為了安全起見，還加裝了安全帶和安全氣囊。

不准他看電視。

不准他玩電腦。

也不准他玩玩具或任何遊戲。

寶貝，情緒激動
太危險了。

他唯一的娛樂，就是讀爸媽為他挑選的書（書殼都是圓角的）。

這些書的內容沒有危險思想，沒有角色會做危險的事，也沒有一丁點危險的情節。意思就是書本裡其實沒什麼內容。

寂寞的小男孩甚至不能好好吃頓飯。爸媽為了不讓他噎到，所有食物都要搗成爛泥；為了不讓他燙到嘴，食物要放涼才能吃。

　　直到有一天，爸媽連冰冷的食物泥也覺得危險，小男孩改成用點滴進食。

好像這樣還不夠，他爸媽也在公寓裡裝上各種安全警報器，有火災警報器、水災警報器、小偷警報器、蜘蛛警報器、老虎警報器、吸血鬼警報器、假警報警報器，以及假警報警報器的警報器。

　　他們還讓小男孩穿上自動充氣救生內褲，萬一他不小心掉進水裡，就可以救命。

只要拉前面的繩子，就可以手動充氣。

也許你覺得自動充氣逃生內褲真的很蠢，因為小男孩從來不出公寓。可是你錯了，這條內褲救了他一命！

有天晚上，當所有人都睡著的時候，接了太多安全警報器的插座延長線因為過熱起火了！

火災警報聲吵醒了小男孩。他跳下床要往門口跑去，可是濃煙和烈火擋住他的去路。

他跑向窗邊，窗戶當然也上了鎖。

小男孩抓起他的安全座椅扔向窗戶，
砸出一個大洞。

他爬出窗口的破洞，站在房子外緣的平台上。

這是小男孩至今遇過最危險的事。噢，老實說，
他也只遇過這一次。

他低頭一瞧，自己離地面好遠好遠。

他回頭看臥室，裡頭全著了火。

他知道從高塔頂樓往下跳很危險，可是留在起火的公寓更加危險。可能比從頂樓往下跳還危險！

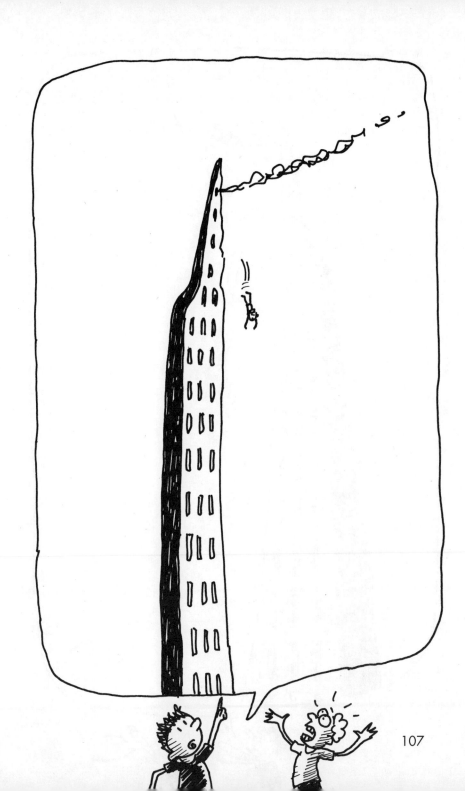

109

小男孩一直往下墜落……不過他沒撞到地面。

111

彈到另一棵樹……

又飛出去……

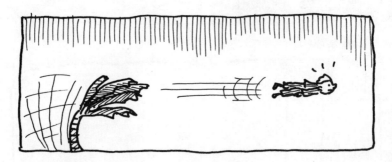

撞到下一棵樹……

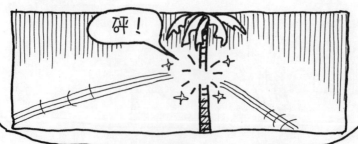

他接連撞上好幾棵樹……

最後掉進旁邊的河裡，濺起好大的水花。

小男孩不會游泳，不過他一掉進水裡，自動充氣救生內褲就開始充氣，小男孩在水上漂啊漂……

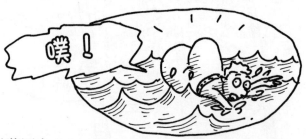

沿著河水……

漂到大海裡。

「他沒事吧？」泰瑞問。

「噢，老實說，他沒事，」我說，「因為我乘著天鵝船，救了你一命。」

「我？」泰瑞說。

「對啊，因為故事裡的男孩就是你。」

　　「是我？對，我現在想起來了……是我！當然啦……一直都是我……可是你在天鵝船上做什麼？」

　　「噢，那是另一個故事了。」我說。

　　「故事很長嗎？」

　　「有一點。」

　　「我們可以去吃冰淇淋嗎？」

　　「好主意！」我說，「去找愛德華勺子手。」

往冰淇淋店

第6章
安迪的故事

　　我在冰淇淋店點了兩球巧克力，一如往常，泰瑞無法抉擇要點哪個口味。

「快點，」我催促他，「讀者都在等你！」

「對不起啦，」泰瑞說，「可是這裡有七十八種口味。我不想選錯。」

「也許你可以請讀者幫你選？」我提議。

「好主意！」他說，「就這麼辦。」

「愛德華，每種口味來一球，謝謝。」泰瑞說。

「每・種・口・味・一・球・馬・上・來。」
愛德華勺子手啟動超快速挖冰淇淋模式，不停揮動勺子。

挖了一球，　　　　再一球，　　　　又一球，

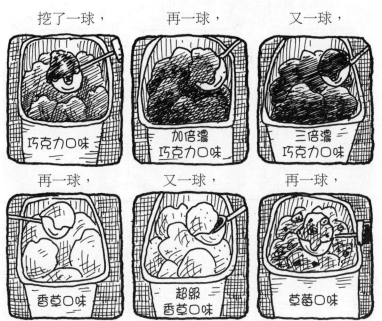

巧克力口味　　　加倍濃巧克力口味　　三倍濃巧克力口味

再一球，　　　　又一球，　　　　再一球，

香草口味　　　超級香草口味　　草莓口味

又一球，　　　　　再一球，　　　　　又一球，

櫻桃口味　　　　草莓櫻桃口味　　　櫻桃草莓口味

再一球，　　　　　又一球，　　　　　再一球，

蔓越莓
波紋口味　　　　藍莓爆裂
　　　　　　　　　口味　　　　　　香蕉轟炸
　　　　　　　　　　　　　　　　　口味

又一球，　　　　　再一球，　　　　　又一球，

西瓜詛咒口味　　　金魚驚喜
　　　　　　　　　口味　　　　　　飛天猴
　　　　　　　　　　　　　　　　　口味

再一球，　　　　　又一球，　　　　　再一球，

復活節彩蛋
口味　　　　　　酥炸
　　　　　　　　甜甜圈口味　　　　比薩口味

120

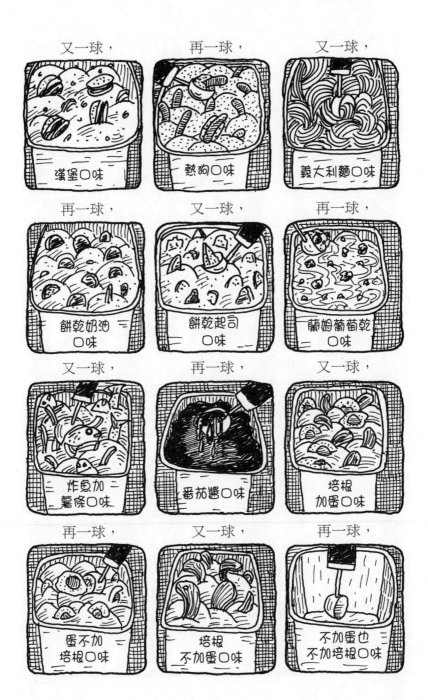

又一球，　　　　　再一球，　　　　　又一球，

漢堡口味　　　　　熱狗口味　　　　　義大利麵口味

再一球，　　　　　又一球，　　　　　再一球，

餅乾奶油　　　　　餅乾起司　　　　　蘭姆葡萄乾
口味　　　　　　　口味　　　　　　　口味

又一球，　　　　　再一球，　　　　　又一球，

炸魚加　　　　　　番茄醬口味　　　　培根
薯條口味　　　　　　　　　　　　　　加蛋口味

再一球，　　　　　又一球，　　　　　再一球，

蛋不加　　　　　　培根　　　　　　　不加蛋也
培根口味　　　　　不加蛋口味　　　　不加培根口味

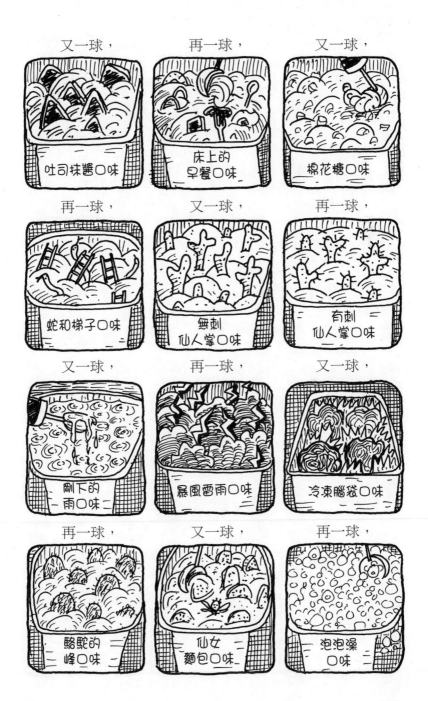

又一球， 再一球， 又一球，

吐司抹醬口味 床上的 棉花糖口味
早餐口味

再一球， 又一球， 再一球，

蛇和梯子口味 無刺 有刺
仙人掌口味 仙人掌口味

又一球， 再一球， 又一球，

剛下的 暴風雷雨口味 冷凍腦袋口味
雨口味

再一球， 又一球， 再一球，

駱駝的 仙女 泡泡澡
峰口味 麵包口味 口味

123

又一球，　　　再一球，　　　又一球，

藍色
天堂口味　　　黑森林口味　　　月之暗面口味

再一球，　　　又一球，　　　再一球，

日全蝕口味　　　生日蛋糕口味　　　袋裝棒棒糖口味

又一球，　　　再一球，　　　又一球，

棒棒糖口味　　　太妃糖
　　　　　　　　蘋果口味　　　水仙花口味

再一球，　　　又一球，　　　再一球，

彩虹口味　　　雪酪口味　　　蜂窩口味

又一球， 再一球， 又一球，

巧克力薄荷口味 甘草口味 看不見口味

再一球， 又一球， 再一球，

綜合水果口味 鹽加醋口味 軟糖蛇口味

又一球， 再一球， 又一球，

軟糖豆 口味 胡說八道 口味 石子路 口味

再一球， 又一球， 再一球，

黃磚路 口味 彎曲路 口味 骯髒路 口味

125

泰瑞點的冰淇淋總算弄好了。

「好多球！」我驚呼。

「我知道，」泰瑞說，「可是每個讀者建議的口味不一樣，我不想讓任何人失望，所以全部口味我都選了。」

「記得別吃太快，」我說，「你不想讓腦袋結凍吧。」

「放心，」泰瑞說，「我會趁你講故事的時候慢慢吃。」

「好吧，」我說，「那我繼續說囉……」

很久很久以前，有個小男孩，他有世上最恐怖、可怕又麻煩的爸媽。

他們要求很多，逼迫可憐的小男孩遵守他們訂下的各種無聊規定。

舉例來說，他們要他穿上鞋子、

刷牙、

梳頭髮、

出太陽時戴上帽子，

天氣冷時穿好外套。

他們讓他幫忙做家事、

129

要他寫作業、

用刀叉吃飯,

禁止他隨時想熬夜就熬夜。

小男孩很明白，爸媽的無理規定是永無止盡的，他除了逃家以外別無選擇於是他就離家出走了。

小男孩很喜歡他的新生活，他過得很開心。毫不意外的，他再也不用聽從爸媽的無聊規定。

　　他不用穿鞋子、

　　不用梳頭髮、

出太陽時不用戴帽子、

逃走的
虱子

天氣冷時不用穿外套、

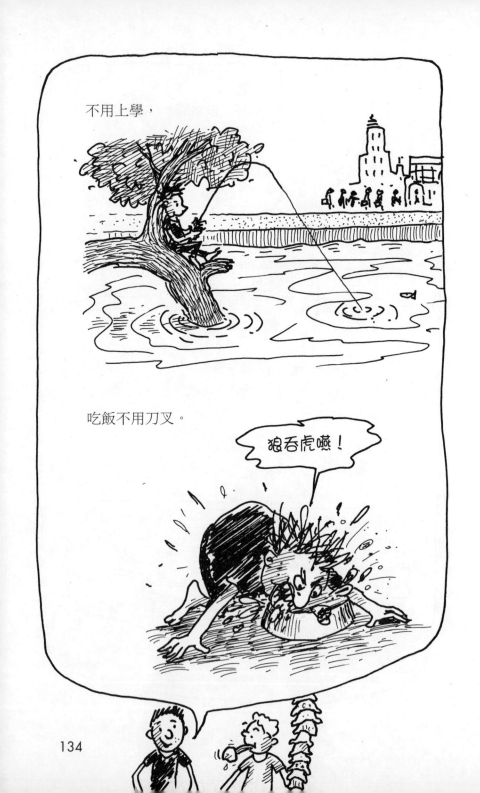

他可以想熬夜就整晚不睡，
幾乎每晚都這樣。

135

食物則是他到處尋找或「借」來的，

他越來越會建造各種能住的地方，尤其最會蓋樹屋。

可惡的
冰淇淋！

137

有一天，小男孩在高級餐廳「借」食物時不小心撞翻桌子。

生氣的服務生追著小男孩跑出餐廳。

跑過街道……

跑過公園……

最後小男孩來到湖邊,那裡有許多
租借用的天鵝船。

當然，小男孩沒錢租船，所以他借了艘天鵝船，
航向湖的另一頭，

他細小的雙腿飛快踩著踏板。

140

他不知道其實這不是湖，而是通往大海的小港灣。
他已經來到遙遠的海上。

他在天鵝船上漂流了好幾個白晝……

142

143

直到他看到遠方有座小島，上頭有兩個山丘。

他朝著小島的方向划過去，一靠近才發現，
那不是小島……

是個男孩，穿著一件超大的自動充氣救生內褲漂浮在海上！

「嘿，」泰瑞說，「我也有一件充氣內褲！」

「我知道！」我說，「因為你就是那個男孩！」

「對，你就是那個天鵝船上的男孩！你救了我！我們就是這樣認識的。我喜歡故事有快樂的結局。」

「可是故事還沒說完。」我說。

「還沒？」

「沒有，因為我們被木頭木腦船長抓起來了。」

「木頭木腦船長是誰？」泰瑞問。

「你知道的啊！」我說，「木頭木腦船長，那個海盜！」

「海盜？」泰瑞說，「我討厭海盜！」

「說到海盜，」吉兒拿著木頭木腦船長的木頭腦袋走進廚房。「我要怎麼處理這個東西？」

「我們的稻草人用得上。」泰瑞說。

「我怎麼不知道你們有稻草人。」吉兒疑惑的說。

「是沒有，」泰瑞說，「但有了這顆頭，就能做一個很棒的稻草人！」

「不！」我說，「我不想再看到這個人的頭。我討厭他！」

「是啊，」吉兒說，「我也討厭他。」

「咦，妳也認識他嗎？」泰瑞說。

「當然！你不記得了嗎？你跟安迪被抓起來的時候，我就在船上啊。泰瑞，我永遠不會忘記第一次看到你的樣子！你看起來好像穿了一件尿布！」

「那不是尿布！」泰瑞說，「我穿的是自動充氣救生內褲。內褲消氣之後變得有點下垂了而已。」

「而且安迪嚇到哭出來。」吉兒補充道。

「我才沒有哭，」我說，「那是海浪打在我臉上！」

「說到這個，吉兒，妳為什麼會在木頭木腦船長的船上？」泰瑞問。

「嗯，這是個悲傷的故事。」吉兒說。

「太好了，」泰瑞說，「我喜歡悲傷的故事。」

「好吧，」吉兒說，「不過你得等到下一章。」

「噢。」泰瑞失望的嘆氣。

「別擔心，」吉兒說，「不用等很久，就在下一頁。」

「耶！」泰瑞歡呼。

第 7 章

吉兒的故事

很久很久以前，有個熱愛動物的小女孩。她不只喜愛動物，還能跟牠們心靈相通。

151

她只要一有空都和動物待在一塊兒，幫助動物解決牠們的麻煩。

小女孩最想要的，是屬於自己的寵物。雖然她的爸媽很富有，能讓她養好多好多寵物，他們就是禁止她養……連螞蟻也不能養。

她的爸媽只喜歡和他們的有錢朋友在豪華超級遊艇上開派對。

有一天，小女孩待在遊艇的甲板上時，她看見一隻超級巨大的魚。牠乳白色的魚身上有藍綠色大條紋，聞起來像發霉的陳年起司。

小女孩知道所有關於動物的事，她馬上認出那是傳說中的「戈根佐拉藍起司魚」——大海中最貪心又噁心的魚。這種魚得名於他身上散發出的臭起司氣味，牠游遍全球，吃掉所有擋路的東西。

小女孩害怕的看著戈根佐拉藍起司魚游過來⋯⋯

越來越近⋯⋯

越來越近⋯⋯

　　小女孩大聲向爸媽求救，可是派對的聲音吵得他們聽不見。

　　她半個身子探出欄杆，央求戈根佐拉藍起司魚別吃掉她爸媽的遊艇。沒想到一個沒站穩，她就掉進了水裡。

她原本以為戈根佐拉藍起司魚會一口吞掉自己，可是小女孩體型太小，戈根佐拉藍起司魚根本沒注意到她。

小女孩大聲求救，卻被遊艇裡的香檳杯相碰聲和賓客的歡笑聲掩蓋過去。

她只能無助的浮在水裡，看著戈根佐拉藍起司魚尾隨她爸媽的遊艇消失在遠方。

就在小女孩不知道該怎麼辦時，一座冰山漂過她身旁。她爬上冰山，驚訝的發現上面有隻小貓咪。

　　她將小貓咪抱在懷裡。她從沒摸過這麼柔軟絲滑的毛皮。她說：「我要叫你『絲絲』。」

「嘿，名字跟妳的貓一樣！」泰瑞說。

「因為那就是我的貓！」吉兒說，「這就是我跟絲絲相遇的經過。記得嗎？這是我的故事。」

「對喔，」泰瑞說，「我聽得太入迷，一時忘記了。」

「可是絲絲為什麼會漂流在大海裡的冰山上？」我問。

「不幸的是，每年都有上千隻沒人要的貓咪被拋棄在冰山上，」吉兒眼中含淚，「不只是貓咪，其他動物也是。只要聽完我的故事就會明白……」

我跟絲絲在冰山上漂流時，我們救了兩隻狗、

一隻山羊、

三匹馬、

四尾金魚、

一頭牛、

六隻兔子、

兩隻天竺鼠、

一隻駱駝、

可是動物全待在冰山上實在太擠，而且太熱了！冰山一遇熱就開始融化。

它慢慢變小……

變小……

變得更小……

最後，冰山縮得和冰塊一樣小。

「後來呢？」泰瑞問，「妳們沉到水裡了嗎？」

「沒有，我們沒沉到水裡，」吉兒說，「我們看到一艘船。」

「感謝老天！」泰瑞説。

「是啊，一開始我們也這麼認為，」吉兒説，「沒想到那卻是海盜船！這就是我和所有動物，被嚇人恐怖又可怕的木頭木腦船長抓到的經過！」

「我討厭海盜！」泰瑞説。

「我也是。」吉兒説。

「再加我一個。」我説。

第 8 章

我們為什麼討厭海盜

　　要是你還搞不懂我們為何這麼討厭海盜，我和吉兒都說過了，我們全都被海盜抓走過，而且不是普通海盜，是所有海盜裡最邪惡的「木頭木腦船長」。

記得我們在鯊魚肚子裡找到的木頭腦袋嗎？要是你不記得，回去瞧瞧第七十九頁。

前往第七十九頁

　　要是你記得，就會知道木頭木腦船長的模樣有多嚇人。你可以直接翻到下一頁閱讀我們的故事，就會明白我們為什麼如此討厭海盜。

前往下一頁

就像吉兒說的，木頭木腦船長是世界七大洋裡最嚇人恐怖又可怕的海盜。

　　他的確救了我們，卻也逼我們成了他的奴隸……連動物也不放過！

木頭木腦船長逼迫我、泰瑞和吉兒幫一大堆馬鈴薯削皮，

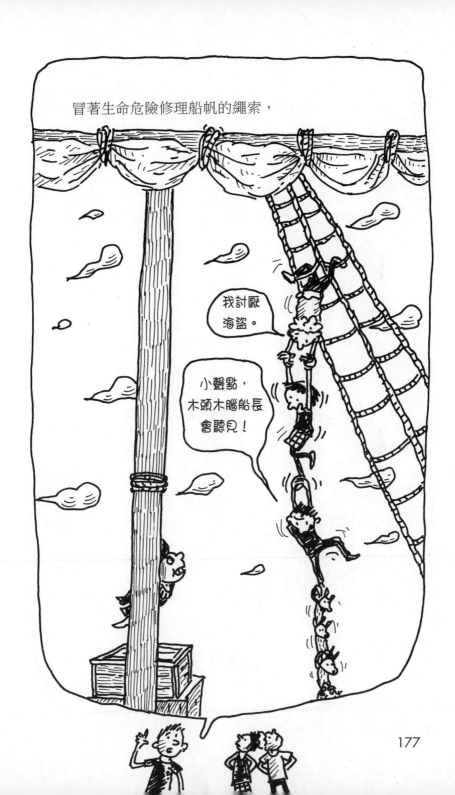

177

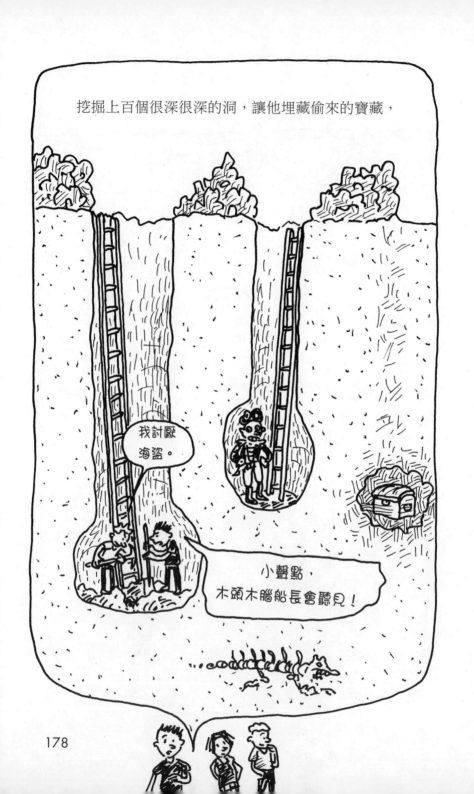

最糟的是，他要我們替船尾打掃和上蠟。

有一天，我們在打掃船尾時，泰瑞說：「我討厭海盜。他們好嗯。」

「我要告訴你多少次？」我說，「小聲一點，木頭木腦船長可能會聽見！」

「他才不會聽到，」泰瑞說，「他只有木頭耳朵！他只有顆木頭腦袋，還有像木頭耳朵的大便褲子！」

「嘿！我聽到了！」躲在桶子後面的木頭木腦船長大吼，「我受夠你那些大逆不道的喃喃自語。你們全都要上木板跳海處死。你們的動物也是。」

「不，不要處死動物！」吉兒說，「牠們什麼也沒做！」

「牠們當然有，」木頭木腦船長說，「牠們弄臭我的船，跟你、你那穿尿布的朋友和愛哭鬼朋友一樣。快走！」他拔出刀子戳向我們，逼我們走往木板的方向。

　　「喂，別再戳了，」我用拖把柄打他的刀。「很痛欸。」

　　「哦，所以你想決鬥，是嗎？」木頭木腦船長說「嗯，我就跟你決鬥。預備！」

　　我才剛拿好拖把就定位，他就揮著刀子衝向我。

　　　　　他揮刀。我蹲下。

　　　　　　　　　　我揮拖把。他蹲下。

他揮刀。我蹲下。

我揮拖把。他蹲下。

他揮刀。我蹲下。

我揮拖把。他蹲⋯⋯

得慢了一步。咚！

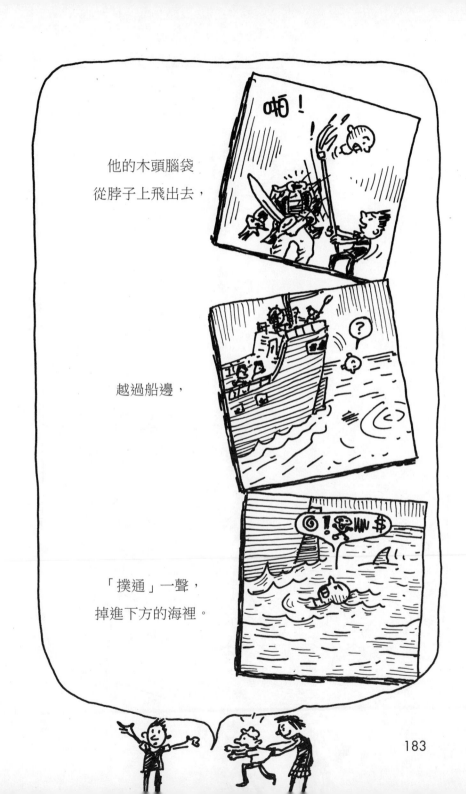

183

　　木頭腦袋在水面漂浮沒多久，老是在船邊打轉的鯊魚隨即躍出水面，一口吞下那顆頭顱。

「噢，」泰瑞說，「我不覺得木頭木腦船長的頭會樂意看到這個結果。」

「他的身體也不樂意，」吉兒說，「小心！」

木頭木腦船長的無頭身體在甲板上生氣的走來
走去，砍下任何擋住他去路的倒楣船員。

我們得逃走！越快越好！但唯一安全的地方是跳海的木板。

我、泰瑞、吉兒和動物都跑到木板上。

我們發抖擠成一團，希望能平安逃過一劫。雖然現在暫時安全……可是撐不了多久。木頭木腦船長的身體很快就追上了我們。

　　我們低頭看著下方的食人鯊……

又望向拿著大刀朝我們走來的憤怒無頭海盜……

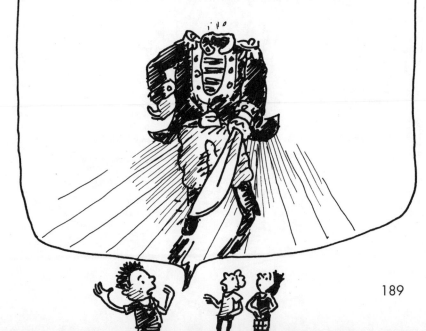

我們互看一眼。

「要跳嗎？」我問。

「跳吧！」大家說。

我們縱身一跳。

飢餓的鯊魚團團圍住我們。

「呃！」泰瑞說，「我們要被活活吃掉了！」

「不會，」吉兒說，「我跟鯊魚商量。」

她和鯊魚商量成功！她不但說服鯊魚不吃我們，還讓鯊魚幫我們搭上原本綁在海盜船後面的天鵝船。

鯊魚飛快的啃斷粗繩……

接著，牠們拉著天鵝船快速划過水面，從來沒有任何天鵝船移動得那麼快。

雖然我們的速度很快，卻甩不掉木頭木腦船長。海盜船加快速度追趕在我們身後，木頭木腦船長則是戴了燈罩當成新腦袋。

就在你以為情況不會更糟時，沒錯，
情況變得更糟了。

巨大的暴風雨襲來，開始下起大雨⋯⋯

雨下個不停⋯⋯

下個不停。

雷聲隆隆作響……

一道道閃電……

大得像棒球的冰雹……

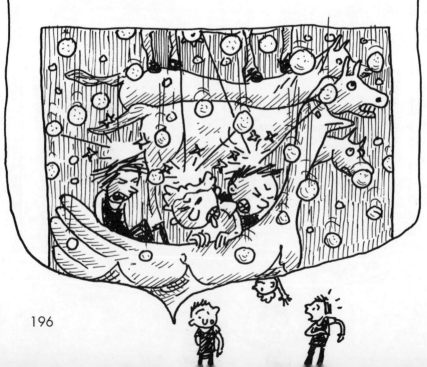

還有海上的巨浪。

　　我們的天鵝船像玩具一樣，在洶湧的大海上漂蕩；還來不及反應的時候，就衝上了我們這輩子見過最巨大的浪頭。

麻煩的是，海盜船一起捲入了海浪之中。

在我們後頭的海盜船也衝上了巨大浪頭。

這時候，我們看到前方有陸地。噢，我說「陸地」，指的其實是陡峭的岩壁。

小小的天鵝船撞上峭壁，但驚奇的是，我們全都安全著陸。

海盜船就沒這麼好運了。它撞得四分五裂，我們再也沒見過木頭木腦船長和他的船員。

接下來的幾天，我們從木頭木腦船長那艘撞得稀巴爛的海盜船撿拾材料，蓋起樹屋的第一層。

我們也決定飼養那些鯊魚，雖然如同我先前所說，鯊魚真的很恐怖，卻也很酷！

同時，吉兒在森林的另一頭發現一間荒廢小屋，決定把那裡當成她和動物的理想家園。

總之，這就是我們認識彼此然後住在這裡的經過，以及我們這麼討厭海盜的原因。

　　「哇，」泰瑞說，「安迪，你真會講故事。你講到暴風雨時，我真的覺得外頭刮風下雨，還看到閃電、聽到雷聲！」
　　「對，我也這麼覺得。」我說。

「你們兩位，」吉兒說，「我不太想告訴你們事實，不過你們感覺到風雨、看到閃電又聽到雷聲，這不是因為安迪很會說故事，而是這裡真的在刮風、下雨、閃電和打雷。有一個超大的暴風雨往我們這邊過來！」

噢。吉兒說得沒錯。看樣子我們有個暴風雨的夜晚。
我們最好暫停說故事，免得樹屋出事。別淋濕，等暴風雨
走了再跟你們見面！

209

第 9 章

船難漂流物和遇難的人

噢！你在這兒啊！哈囉，昨晚過得真糟，風雨有點大，是吧？希望你沒淋得太濕。

我們全身濕得像落湯雞，樹屋也有點受損，於是今天早上我們到海邊撿材料，修理樹屋。

這裡有許多碎成一塊塊的材料。昨晚有艘船撞上了峭壁。

實在是太巧了，真的！尤其你們才剛剛聽完我們、木頭木腦船長和他的手下是怎麼在海灘遇難的故事。不過我想這沒什麼好驚訝的，因為海邊真的很危險，而且昨晚的暴風雨又那麼劇烈。

我們需要的材料都在這裡。木板、破帆布、木桶、木箱、好多繩子、一堆馬鈴薯⋯⋯甚至還有一座大砲！

　「酷耶！」泰瑞說，「我一直想要大砲！」

　「為什麼？」吉兒問。

　「因為大砲真的很有用。」

　「用來做什麼？」

　「不知道⋯⋯可能用來做很多事，」泰瑞說，「比方說，要是你急著寄什麼東西，像是⋯⋯送書到出版社，就可以把書放進大砲，開火發射送過去。」

　「噢對，我倒是沒想過。」吉兒說。

我跟泰瑞撿了一堆木板和繩子，裝進吉兒的飛天貓雪橇裡。

「喂，你們兩個，」吉兒從海灘另一邊呼喊我們。「來這邊，快點！」

我跟泰瑞跑了過去，她的前方有個人面朝下倒在地上。

「這一定是船上的船員。」她說。

「看，這邊還有一個人。」泰瑞説。

「這邊也有一個。」我跑到水邊，將一個濕答答的人拖上岸。

接著我們又找到一個，

又一個。

一個，

又一個。

一個，

又一個。

還有一個。

我們總共找到十個人。

「他們死掉了嗎？」泰瑞用棍子戳著其中一個人。

「噢！」被戳的人發出聲音。

「我覺得沒有，」我說，「至少這傢伙還活著。」

他翻身坐起來，眨了眨眼。

我們倒抽一口氣。不是因為驚訝他還活著，而是他的模樣！他看起來恐怖極了！

　　雖然船隻昨晚才遇難，可是眼前的船員看起來像在水裡待了好幾個月。他的臉都發黴了，下巴還有藤壺吸附在上頭。他聞起來也不大對勁，臭得像死魚加上發黴的陳年乳酪。

「你們是誰？」他一臉奇怪的瞪著我們。

「我是安迪，」我說，「他是泰瑞，她是吉兒。你呢？」

「我是船長，我的船在昨晚的暴風雨遇難。」

「別擔心，我們會幫忙，」吉兒說，「我的飛天貓可以運送你和你的船員到樹屋去。」

「抱歉，」船長說，「我一定腦袋出了問題……妳剛剛說的是飛天貓嗎？」

「沒錯，」吉兒說，「這是絲絲，還有牠的十二隻飛天貓朋友。」

「絲絲？」船長說，「我以前也認識一隻叫做絲絲的貓。牠只是普通的小貓，當然不會飛，不過是個好奴隸。」

「奴隸？」吉兒的聲音透露出驚訝。

「我剛才說奴隸？」船長說，「我想說的是……船員。就像我剛才講的，我一定腦袋出了問題。」

「這樣問有點失禮，」泰瑞說，「可是你的頭怎麼了？」

「說來話長，」船長說，「不是什麼好故事。」

「噢，太好了，」泰瑞說，「我喜歡長篇故事……不是什麼好故事的更好。」

「好吧，」船長說，「要是你想知道，我就說吧，但可別怪我沒提醒你們。」

第 10 章
海盜船長的故事

　　很久很久以前，有個很壞很壞的小男孩，他從小一心只想成為海盜，他長大後也真的當上了海盜。他成了海盜船長，擁有一艘專屬的海盜船和一些海盜船員，航行在世界七大洋。

海盜船長一天到晚忙著搶劫船隻、

埋寶藏、

逼迫俘虜走木板跳海。

他快樂得像個海盜船長。

直到有一天，一隻巨大又噁心的魚襲擊了他的船，牠的模樣和味道就像發黴的陳年起司……非常臭的發黴陳年藍綠色起司。

「戈根佐拉藍起司！」吉兒說。

「沒錯，」船長說，「就像戈根佐拉藍起司。」

「不是，我是說那隻魚名字就叫做戈根佐拉藍起司。」吉兒說。

「名字取得真好！」船長說，「可是像妳這種沒經歷過海上生活的人，怎麼會知道呢？」

「只要跟動物有關的事，吉兒都知道。」泰瑞說。

「真的嗎？」船長仔細打量了吉兒，才繼續說下去。

海盜船長站在甲板上，抽出彎刀想戳向大魚，可是當他身體探出船外，凶惡的戈根佐拉藍起司魚就躍出海面，一口咬下他的腦袋！

但海盜船長是個頑強的海上男兒，就算沒了腦袋也要當海盜。他雕刻了一顆木頭腦袋來代替原本的腦袋，從此以後大家都稱呼他「木頭木腦船長」。

「我們認識一個『木頭木腦』船長！」泰瑞說。

「真的嗎？」船長的目光迎向泰瑞。

「對啊，」泰瑞說，「可是他心地不太好。他抓了我們，逼我們當他的奴隸。」

「噢，嚇了我一跳，這和我說的海盜船長一定是同一個人！你們兩個男孩曾坐在天鵝船裡嗎？」

「沒錯，」我說，「的確是天鵝形狀的船！」

他望向吉兒。「難不成，妳和一群動物在冰山上漂流？」

「沒錯！」吉兒說，「有兩隻狗、一隻山羊、三匹馬、四尾金魚、一頭牛、六隻兔子、兩隻天竺鼠、一隻駱駝、一匹驢子，還有一隻小貓！」

船長驚訝的看著我們。「噢，我那雙不是木頭的眼肯定瞎了！」他說，「真的是你們！後來你們用拖把敲掉船長的腦袋！」

「嗯……沒錯，」我說，「可是他本來想用刀子將我切成一片一片。我們逃走，他追過來，接著遇上劇烈的暴風雨。海盜船和我們的天鵝船都撞上了岩壁，變得四分五裂，只有我們幾個活下來。我們用海盜船的殘骸碎塊搭建自己的樹屋，看，樹屋就在那邊！」

235

「用海盜船？」船長說得很慢。「你們用海盜船為自己蓋了間溫馨小屋？」

「不是小屋，」泰瑞說，「是樹屋。十三層樓的瘋狂樹屋。」

「其實是二十六層樓，」我補充道，「我們最近又加蓋了十三層。」

「可是你們沒資格這麼做，」船長說，「那艘船不是你們的。」

「船雖然不是我們的，但它已經撞壞，船長跟船員也都遇難了。」泰瑞說。

「那你就錯了，」船長說，「我還沒說完海盜船長的故事。」

「真抱歉，」泰瑞說，「後來呢？」

「要是接下來的十四頁你都不開口，我就告訴你……」

木頭木腦船長的船員在船難後無一倖免，但他活下來了。他運氣很好，暫時用來當腦袋的燈罩讓他在海上漂浮了好幾天……直到他又碰上老仇人——戈根佐拉藍起司魚！

　　不過這次，戈根佐拉藍起司魚沒咬掉他的腦袋，牠把他整個人吞下肚！

噢，戈根佐拉藍起司魚的肚子髒死了，困在那裡好孤單。據說這種魚會吃掉一切擋路的東西，從牠噁心肚子裡的物品看來，真是一點也沒錯。牠簡直就像在海上移動的垃圾場！

　　漂浮物、救生圈、蛙鞋、魚竿、海鷗、貨櫃、
潛水衣、衝浪板、水上摩托車、豪華超級游艇、
二戰的舊式水雷、火藥桶，還有腳踏驅動的重
裝實驗迷你潛艇……你講得出來的東西，這裡都
有。可是在發臭魚肚的所有遇難物品之中，船長
發現一個價值非凡的東西，他看一眼就忍不住哭
了出來……

　　那是木頭木腦船長原本那顆有血有肉的腦袋！雖然的確有點潮濕發黴，但我可以向你們保證，它和原本在海盜脖子上的那顆腦袋一樣英俊出色。

然後他做了所有專業海盜都會做的事。他將全部的火藥桶堆在一起，

用繩子綑住，

點燃引信，

將戈根佐拉藍起司魚炸成了碎塊！

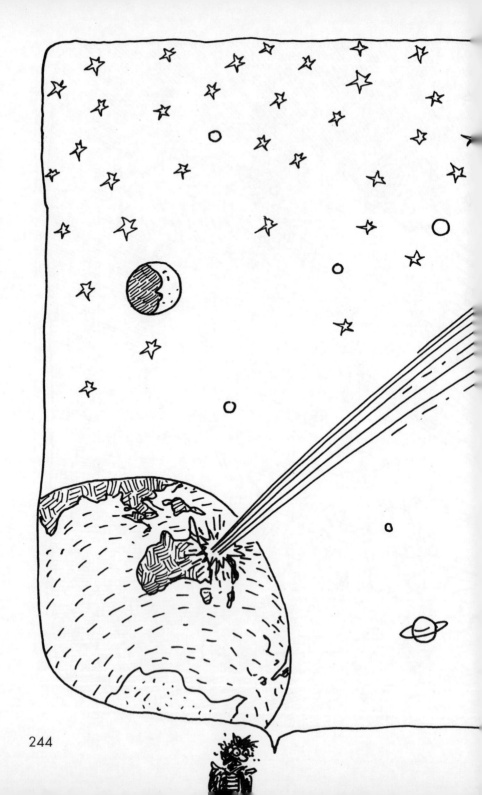

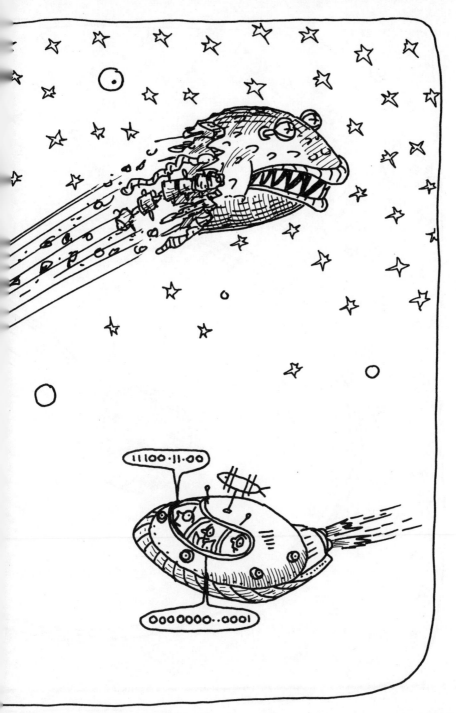

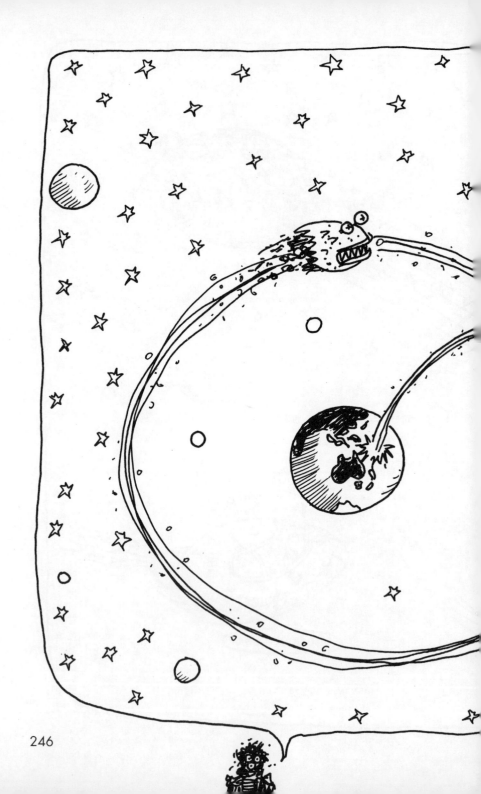

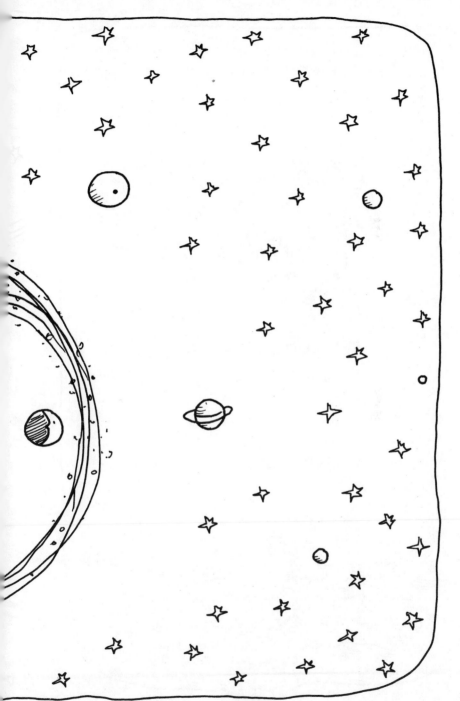

247

也許你以為木頭木腦船長也被炸成了碎屑，不過他沒有。

他躲在腳踏驅動的重裝實驗迷你潛艇裡，逃過了一劫。

沒多久，他找到了一艘船，並偷走它，

又徵召了一群唯他是從的壞蛋船員，

繼續過著他的海盜日子。

他過得很開心，直到有天晚上，劇烈的暴風雨又來了，他的船不幸遇難……和我原本那艘船遇難的地方在同一個海邊。

「不好意思，」吉兒説，「你是不是説了『我原本那艘船』？你就是木頭木腦船長嗎？」

「對，」船長説，「妳是個聰明女孩。木頭木腦船長跟我的確就是同一個人。」

「快跑！」吉兒説，「是木頭木腦船長！」

「在哪裡？」泰瑞左右張望。

「就在那裡！」我指著海盜船長。

「他？」泰瑞説，「可是他的腦袋不是木頭做的啊。」

「泰瑞，你沒聽他説話嗎？」吉兒説，「他剛才不都説了。他在戈根佐拉藍起司魚的肚子裡找到原本的那顆腦袋！」

「呃！」泰瑞説，「快走！」

「別這麼急，」木頭木腦船長跳起來，使出「海盜抱」（就像摔角的「熊抱」招式，只不過換成海盜風格），一把抱起我們。「現在我逮到你們了，我要你們為做過的事付出代價！」

「那都是你的錯！」我說，「是你先綁架我們，把我們變成你的奴隸！」

「也許是吧，不過是你們用拖把敲掉我的腦袋，害我的船遇上船難，還偷拿我的船蓋屋子！現在我要你們的樹屋，還有所有相關的東西！以我木頭木腦船長之名！」

他看向其他遇難的人。「好啦，你們這些懶惰鬼，快起來！我們要去占領樹屋了！」

船員聽到船長命令，紛紛搖晃身子站了起來。船長將我們移交給三個體形最壯的船員後，其他船員開始爬上峭壁，朝樹屋前進。

我們踢腿掙扎，想擺脫抓住我們的船員，可是一點用也沒有。他們力氣太大了！

　　「噢，完蛋了，」我說，「我們要失去樹屋了。」

　　「別怕，」泰瑞撩起他的 T 恤。「我穿了自動充氣救生內褲！看招！」他把垂在褲子前面的細繩往下一拉。

　　泰瑞的內褲一下子充滿了空氣，抓著我們的海盜個個
翻倒在地。

三個海盜船員跳起來重新站好，手中拿著彎刀。

「抓緊我，」泰瑞朝他們走過去。

「泰瑞，你在做什麼？」吉兒說，「你穿著自動充氣逃生內褲，他們的刀子很利！」

「沒錯，」泰瑞說，「這就是我的計畫！」

我還來不及問他有什麼打算，就聽到一聲響亮的……

從內褲外洩的大量空氣將我們噴上天空。

咻！

我們在空中滑翔。

我們在空中俯衝。

我們在空中攀升。

我們在空中墜落。

我們在空中繞了一圈……

兩圈……

三圈……

然後……

我們掛在一棵樹的樹枝上。

是一棵大樹。

我真不敢相信。

是我們的樹屋！

「抱歉飛得不太穩，」泰瑞說，「我不太懂怎麼操控這東西飛行。」

「真的不要緊，」我拍掉身上的橡膠內褲碎片。「可是我想知道，你怎麼會穿著自動充氣救生內褲？」

「我的普通內褲都髒了。」泰瑞說，「所以我才會想洗內褲，記得嗎？」

「對喔，」我說，「好像是很久以前的事了。」

「才過了兩百頁而已。」泰瑞說。

「其實是兩百三十頁，」吉兒說，「不過要是我們沒從海盜手中保住樹屋，這本書就沒剩多少頁了。看！他們來了！」

我們往下一看。吉兒說得對。海盜早就爬上峭壁,包圍了我們的樹屋。

第 11 章

倒楣的海盜

「開門！」木頭木腦船長敲門。

「抱歉，」我說，「陌生人不能進來！」

　「安迪，別這樣，」木頭木腦船長說，「讓我跟我的
船員進屋。我保證不會發生壞事。原諒和遺忘，這是我的
座右銘。」

　「那你在海邊說的『要我們付出代價』是怎麼回事？
而且你說過要把我們的樹屋變成你的？」

木頭木腦船長哈哈大笑。「噢，別管那些！」他說，「那不過是傻氣的海盜台詞！我們只想進屋脫掉靴子，讓我們泡水的疲倦骨頭休養幾天，之後我們就會出發上路。」

「抱歉，」我說，「我的回答還是不行。」

「好吧，那麼我別無選擇，我們要轟進去！」木頭木腦船長突然又變回卑鄙的模樣。「大夥，準備大砲！」

「不！」泰瑞說，「我們該怎麼辦？」

「讓他們進屋。」我說。

「你瘋了嗎？」吉兒說，「你打算讓他們進來？」

「沒錯，」我說，「我知道聽起來很蠢，不過我想到一個辦法。記得有一首搖籃曲，唱的是所有海盜都被殺掉的故事嗎？」

「當然記得！」吉兒說，「《十個倒楣海盜》是我很喜歡的搖籃曲。雖然這裡的確有十個海盜，但搖籃曲怎麼能幫上我們的忙？」

「噢，」我說，「就算搖籃曲的內容再怎麼瘋狂，裡頭也有一丁點是真的。比方說《嘿，叮咚叮咚》這首曲子。所有人都以為牛隻跳上月亮是假的，可是一八六四年在英國的多塞特郡，真的有一隻牛跳到月亮上！」

「真的嗎？」泰瑞說。

「沒錯，」我說，「還有《搖啊搖，小寶寶》的歌詞寫道：小寶寶睡在樹梢上的搖籃裡，風一吹，搖籃就掉下來。嘿，科學研究顯示，要是你把小寶寶放進搖籃掛在樹梢，等風一吹，搖籃和裡頭的小寶寶真的會掉下來！」

「真令人不敢相信！」泰瑞說，「誰會想到呢？」

「然後，你知道《小瑪菲特小姐》這首……」

　　「真的曾經發生在我身上！」吉兒說，「我坐在板凳上吃早餐，有隻蜘蛛過來坐在我旁邊，嚇得我趕緊逃跑！」

「我以為妳喜歡所有的動物。」泰瑞說。

　　「蜘蛛除外，」吉兒說，「沒人喜歡蜘蛛。連蜘蛛自己也不喜歡蜘蛛。」

「嗯，總之，」我說，「重點是，要是我想得沒錯，《十個倒楣海盜》這首搖籃曲暗示那十個海盜進了我們的樹屋不會有好事。」

　「安迪，我希望你知道自己在做什麼。」泰瑞說。

　「我也希望。」我說。

「我給你們最後一次和平投降的機會，」木頭木腦船長大喊，「否則我就要用非常不和平的方法，將你們和樹屋一起轟成碎片！」

　　「沒那個必要，」我說，「我們開了個小小的會議，決定讓你跟你的船員自由使用樹屋所有設施，連棉花糖機、汽水噴水池和冰淇淋都可以無限享用。」

「嗯，那還差不多！」船長說完，船員包圍著他歡呼。

　　我爬下去開門，海盜興奮的衝進屋裡。他們迅速爬上梯子，抵達樹屋的主平台。

「噢，我不得不説，」木頭木腦船長對著樹屋四下張望。「你們用我的船替自己蓋了棟豪華住宅。我想我跟我的船員會在這裡過得很開心，非常非常開心，尤其是有你們三個奴隸！」

　　「奴隸？」泰瑞説，「但你不是説了，要是我們讓你進屋，就不會有壞事發生嗎？」

「小男孩，有很多事比當海盜奴隸更糟，」木頭木腦船長說，「像是腦袋被臭得像發黴起司的巨魚咬掉，那真的很糟。還有被臭得像發黴起司的巨魚活活吞進肚，也真的不太好受。除此之外，暴風雨摧毀自己的船，一群小賊偷走船隻殘骸也不太有趣，要是你們還在納悶⋯⋯」

比當海盜奴隸更糟的事：

1. 被砍成兩半，變成半個海盜。
2. 變成兩個海盜。
3. 變成碰撞測試假人。
4. 變成一扇自己開門關門的自動門。
5. 變成安迪。
6. 變成一堆黑色木頭。
7. 安迪。
8. 吉兒。
9. 鼴鼠。

「喂，船長！」有個海盜大喊，「瞧瞧這根藤蔓！快來跟我們一起盪藤蔓！」

木頭木腦船長的船員站在平台邊，抓住一根藤蔓。

「我用我之前那顆木頭腦袋保證，這是根粗壯有力的好藤蔓！」船長轉頭對我們說，「你們三個待在這裡。我只是去陪他們盪一下，馬上就回來告訴你們今後該在這裡做什麼。」

船長跑過去用力一跳，跟他的船員一起盪著藤蔓。他們盪出樹屋，盪得好遠好遠。

「目前為止一切順利。」我說。

「你在說什麼啊？」泰瑞說，「我們的樹屋落到海盜手中，我們又變成奴隸！」

「沒錯，不過那只是暫時的，」我說，「《十個倒楣海盜》的第一段歌詞寫著：

十個倒楣海盜盪藤蔓⋯⋯
一個掉下去剩九個。

看看發生了什麼事！有十個海盜在盪藤蔓！現在你明白，我說過搖籃曲歌詞是真的了嗎？我們只要靜觀其變就好。」

　　「我得承認，看起來真的很危險，」泰瑞說，「十個海盜同時抓在一條只夠九個海盜用的藤蔓上。」

　　「噢，可能沒那麼危險，」我們望著海盜盪向溜冰場時，吉兒這麼說，「還沒有人摔下去。」

　　「現在還沒摔，」我交叉起雙手的食指與中指，以祈求好運。「馬上就……」

一個海盜沒抓緊藤蔓，發出嚇人的聲音往下墜落。

我們往平台邊探頭一看，看到下方的地面出現一個海盜人形的洞。

「你說得對！」泰瑞說，「可是其他人呢？」

「噢，他們去了溜冰場，」我說，「歌詞的確預言他們會去那裡。」

九個倒楣海盜學溜冰……

呀！

284

「要是我算得沒錯，我們馬上就會
聽到一聲巨響……」

「就像那樣？」泰瑞説。

「就是那樣，」我説，「我想，之後就安心交給
歌詞吧。」

九個倒楣海盜學溜冰，
一個跌進冰洞剩八個。

八個倒楣海盜騎凱文鬥牛機，

一個摔下牛背剩七個。

七個倒楣海盜玩搖滾海盜混音，

一個觸電剩六個。

六個倒楣海盜一起跳水，

一個掉出池外剩五個。

五個倒楣海盜狂吃冰淇淋。

一個腦袋結)凍剩四個。

四個倒楣海盜在樹上玩，

一個坐上投石器剩三個。

三個倒楣海盜去刺青，

自刺機（注）故障剩兩個。

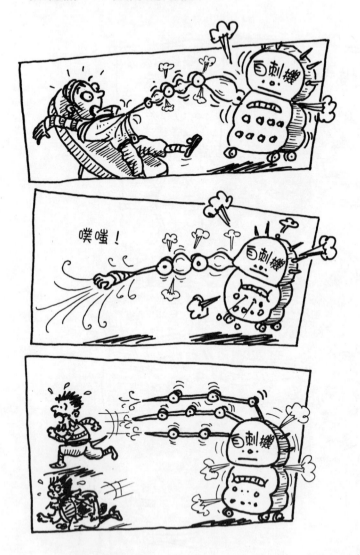

注：要是你忘記自刺機是什麼——就是「自動刺青機」的簡稱。

兩個倒楣海盜在太陽下玩泥巴大戰，

一個晒到渾身僵硬剩一個。

「安迪，太棒了！」泰瑞説，「一切正好跟歌詞寫的一樣，只剩一個海盜！」

　　「是啊，」吉兒説，「不幸的是，剩下最糟的一個！只剩下木頭木腦船長，而且他來了！」

　　「別慌，」我説，「歌詞還有一段。」

　　一個倒楣海盜有刀有槍，

　　他在死亡迷宮迷了路，海盜一個也不剩。

「噢，説得有點對，」泰瑞説，「他有刀也有槍，可是他沒在死亡迷宮裡迷路。他甚至沒去過死亡迷宮！」

「現在還沒，」我説，「不過他很快就會過去了。走吧！」

「去哪兒？」泰瑞説。

「死亡迷宮！」

「可是那裡很危險，」泰瑞説，「看看那些標示牌。」

「我知道標示牌上寫什麼，可是木頭木腦船長更危險！他有刀槍，記得嗎？」

「對，你説的沒錯，」泰瑞説，「走吧！」

第 12 章

死亡迷宮

我們跑進迷宮。

木頭木腦船長追在我們後面，就和我計畫的一樣。

我們左轉，

右轉，

又左轉，

再右轉。

左轉，

左轉，

右轉，

左轉。

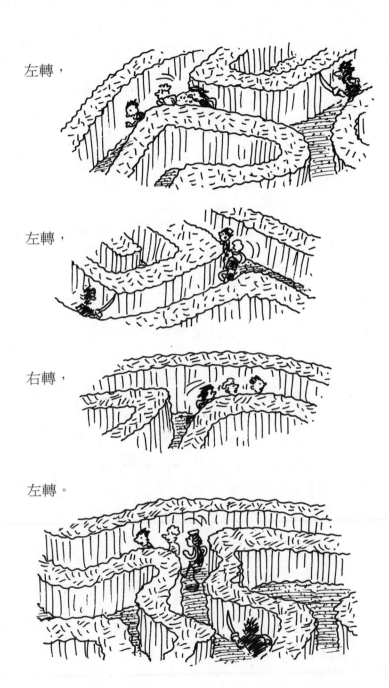

右轉，

右轉，

左轉，

右轉。

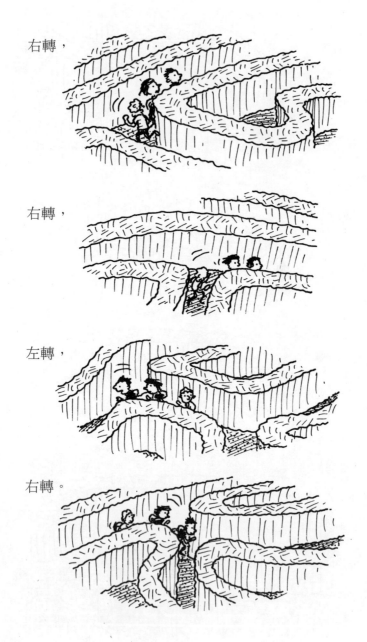

右轉，

再左轉，

最後我們走進一條死巷。

我們全都彎下腰喘氣。

「我想我們讓他迷路了。」我說。

「是啊,可是我們現在也迷路了!」吉兒說。

「不會迷路,」我說,「我們是怎麼走過來的,就怎樣倒著走回去。」

「可是我不太會倒退跑。」泰瑞說。

「不是那個意思，」我說，「是沿著原路折回去。跟我走就對了。」

我們右轉，

再左轉，

左轉，

再右轉。

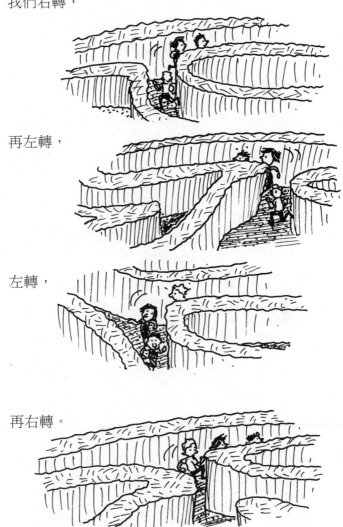

左轉，

左轉，

右轉，

左轉。

右轉，

右轉，

左轉，

右轉，

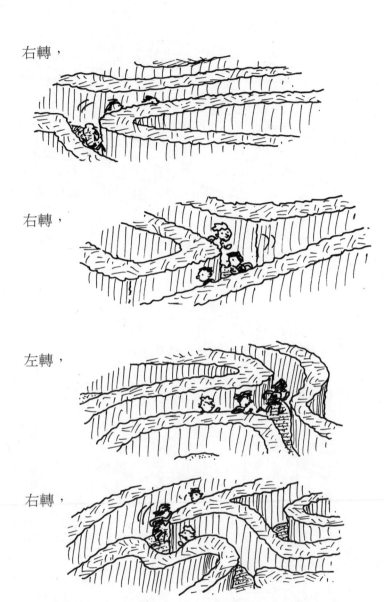

左轉。

　　「要是我沒走錯，」我說，「下一個路口右轉就可以
看到迷宮入口了。」

　　可是沒有。

　　我們只看到另一條死巷。我說的「死」是真的「死」，
有一具頭戴郵差帽的人骨倒在牆邊。

「那不是郵差比爾的帽子嗎？」吉兒說。

「這就是我們一直沒收到信的原因！」泰瑞說

「太令人難過了！」吉兒說。

「我懂，」泰瑞說，「我真的很喜歡收到信的感覺。」

「不，我指的是比爾。我滿喜歡他的。」

「我也是，」我說，「但這不是我們的錯。警告標示牌寫得很清楚。你知道，這裡叫做死亡迷宮，可不是隨便說說。」

「但我們還是進了迷宮。」吉兒說。

「那是因為情況緊急。」

「所以我們要怎麼出去？」吉兒問。

「我們也不知道。」泰瑞說。

「什麼叫你們也不知道？迷宮是你們蓋的，不是嗎？緊急出口在哪裡？」

「沒有緊急出口。」我回答。

「所有的迷宮都有緊急出口。」吉兒說。

「這裡是死亡迷宮，」我說，「不會有緊急出口。那是作弊！」

「不！」泰瑞説，「我們會落到變成人骨的下場……就像郵差比爾那樣！」

「不一定，」吉兒望向天空。「你聽。」

「聽什麼？」泰瑞説。

「聽那微微傳來的拍翅聲，」吉兒説，「要是我沒聽錯，絲絲和牠的朋友來了！」

317

「絲絲來救我們了！」吉兒説，「我們只要跟著牠走就好。」

　　不出所料，吉兒説對了。我們沒多久就走出迷宮……

　　回到安全的樹屋了。

　　「絲絲，謝謝。」泰瑞説，「絲絲比手指超人更會指路。」

　　「那是因為絲絲是活生生的，」吉兒説，「手指超人只是你跟安迪在上一本書裡捏造出來的，記得嗎？」

　　「噢，沒錯。」泰瑞説。

「說到書，」我說，「趕快回去寫完這本書吧。我想木頭木腦船長不會再給我們添麻煩了。他再也不會活著走出迷宮了。」

「這點我不太確定。」泰瑞指向我身後。

我回頭看見木頭木腦船長從迷宮裡走出來。「你怎麼走得出來？」我倒抽一口氣，朝樹屋平台另一邊後退。「這可是世上最難走的迷宮！是死亡迷宮！」

　　「大概是運氣好，」木頭木腦船長朝我們逼近，彎刀在半空來回揮舞。「噢……我的意思是我運氣好，也就是說，你們運氣就沒這麼好了。」

他說得對。

這次我們無路可逃。

我們退到樹屋的平台邊緣。

底下就是食人鯊水槽。

「全都是你們的錯！」木頭木腦船長說，「害我失去
木頭腦袋，損失兩艘船，現在又害我沒了船員！不過我就
快要能夠報仇雪恥了。準備說再見吧！」

　　木頭木腦船長高舉手臂，他的彎刀在太陽下閃閃發亮。

　　「準備跳下去吧。」我說。

　　「想都別想，」吉兒說，「鯊魚還在休養，不能打擾牠們。」

　　「你們兩個小聲點，」泰瑞抬頭往上看。「你們聽。」

　　「聽什麼？」吉兒說。

　　「那個奇怪的聲音。要是我沒聽錯，有一個魚頭被炸飛到天外，然後又掉下地面來！」

啾啾聲響起，我們一抬頭，看到戈根佐拉藍起司魚的
嚇人魚頭朝這裡噴射過來。

泰瑞抓住我和吉兒往後退開。

戈根佐拉藍起司魚的魚頭準確的撞上木頭木腦船長！

他搖搖晃晃的到處亂走，

一腳踩空，

從樹屋平台摔下去，

正好掉進食人鯊水槽裡。

只見鯊魚白亮的魚鰭和牙齒瘋狂閃動，接著一切都安靜下來。

「看來鯊魚覺得身體好多了。」泰瑞說。

「是啊，」我說，「牠們的胃口又變好了。」

「我只希望木頭木腦船長沒穿髒內褲。」吉兒說。

第 13 章
結局

　　你知道，在我們經歷好幾天緊張日子後，沒有什麼比待在反重力室裡更讓人放鬆了。

那麼平靜……

又輕飄飄……

而且沒有地心引力……

「噢，」泰瑞說，「視訊電話響了。一定是大鼻子先生！」

他說得對。我最好趕快去接起來。

「怎麼這麼久才接電話？」他說，「你要知道，我是大忙人！」

「真對不起，」我說，「我在反重力室裡放鬆休息。」

「休息？新書呢？」

「寫好了。」我說。

「為什麼還沒放在我桌上？」

「別擔心，」我說，「我很快就會送過去，不過我們這邊有點忙。你知道的……」

「我不想聽那些有的沒的，」大鼻子先生說，「我不是出錢讓你們找藉口，是要你們寫書！要是五分鐘內新書沒送到我桌上，你們就去找別的出版社吧！」

　　「可是我以為下星期才要交。」我說。

　　「原本是下星期，可是改時間了。」大鼻子先生說，「五分鐘內交出新書，要不然……」

　　視訊螢幕上的畫面消失了。

「安迪，怎麼了嗎？」吉兒說。

「是新書的事，」我說，「交稿時間改了。原本是下星期，現在變成五分鐘後。」

「我討厭大鼻子先生。」泰瑞說。

「小聲點，」我說，「他會聽見！」

「你們說的新書是什麼？」吉兒說。

「就是這一本！」我說，「內容是我跟泰瑞認識的經過。妳也出現在故事裡。」

「真的嗎？」吉兒說，「我可以看嗎？」

「當然可以。」

很久很久以前，
在一個遙遠的地方，
有座大都市……

大都市裡
有座很高很高的塔……

40

「她到了！」泰瑞說。
「哇，」我說，「還真快！」
「是啊，」吉兒說，「飛天貓真的很棒！泰瑞，讓絲絲變成飛天貓是你做過最厲害的事。至於綑內褲給鯊魚吃，可以說是你做過最糟的事。」

吉兒往水槽裡頭看。「可憐的鯊魚，」她說，「我最好下水仔細瞧瞧。」
我們望著吉兒和她的飛天貓潛入水槽，開始工作。

64

65

335

不知道你有沒有進到食人鯊水槽裡的經驗，相信我，真的很可怕。跟水槽外面相比，鯊魚在水底下看起來更巨大。

「要是手術途中鯊魚醒過來又肚子餓的話，怎麼辦？」我說。

「鯊魚不會醒的，」吉兒說，「相信我，不過保險起見，我幫鯊魚各打一針呆瓜醫生的瞌睡鯊魚安眠藥。」

舉例來說，他們要他穿上鞋子、

刷牙、

好鼻子

鼻子

梳頭髮、

出太陽時戴上帽子、

天氣冷時穿好外套、

他們讓他幫忙做家事、

最後，冰山縮得和冰塊一樣小。

「後來呢？」泰瑞問，「妳們沉到水裡了嗎？」

「沒有，我們沒沉到水裡，」吉兒說，「我們看到一艘船。」

麻煩的是，海盜船一起捲入了海浪之中。

在我們後頭的海盜船也衝上了巨大浪頭。

　　我們倒抽一口氣，不是因為驚訝他還活著，而是他的模樣！他看起來恐怖極了！

　　雖然船隻昨晚才遇難，可是眼前的船員看起來像在水裡待了好幾個月。他的臉都發黑了，下巴還有藤壺吸附在上頭。他聞起來也不大對勁，臭得像死魚加上發黴的陳年乳酪。

「你們是誰？」他一臉奇怪的瞪著我們。

「我是安迪，」我說，「他是泰瑞，她是吉兒。你呢？」

「我是船長，我的船在昨晚的暴風雨遇難。」

「別擔心，我們會幫忙，」吉兒說，「我的飛天貓可以運送你和你的船員到樹屋去。」

「抱歉，」船長說，「我一定腦袋出了問題……妳剛剛說的是飛天貓嗎？」

「沒錯，」吉兒說，「這是絲絲，還有牠的十二隻飛天貓朋友。」

242

243

一個摔下牛背則七個。

七個倒櫃海盜玩搖滾海盜混音。

啪！

288

289

339

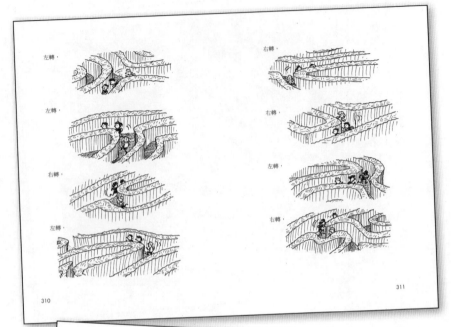

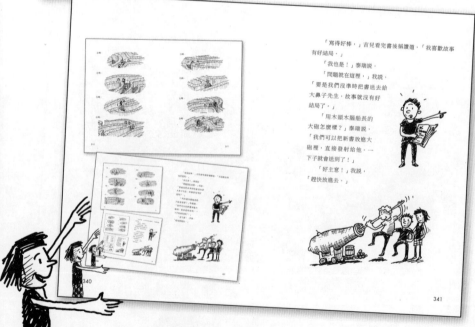

「寫得好棒，」吉兒看完書後稱讚道，「我喜歡故事
有好結局。」

　　「我也是！」泰瑞說。

　　「問題就在這裡，」我說，
「要是我們沒準時把書送去給
大鼻子先生，故事就沒有好
結局了。」

　　「用木頭木腦船長的
大砲怎麼樣？」泰瑞說，
「我們可以把新書放進大
砲裡，直接發射給他。一
下子就會送到了！」

　　「好主意！」我說，
「趕快放進去。」

「好了，」泰瑞説，「放好了。我可以點引信嗎？」

「當然可以。」我説。

我遞給他一根火柴。

3...2...1...

砰！

344

345

「欸，看起來很好玩！」吉兒說，「我可以試試嗎？」

「沒問題，」泰瑞說，「進去吧！」

「好啦，」泰瑞說，「我們交稿了！現在我們有空了吧？」

「當然，」我說，「下一本書起碼要一年後才要交。」

「太棒了，」泰瑞說，「我畫了設計圖，打算再加蓋十三個樓層，我很想聽聽你的意見……」

安迪·格里菲斯和他
越蓋越高的「瘋狂樹屋」系列

安迪·格里菲斯最新作品《瘋狂樹屋26層：海盜船與死亡迷宮》充滿了令人大笑不已的有趣插圖！而從龐克搖滾主唱轉行當作家的他可不是只會逗人開心，這本續集的主角仍是年輕的安迪和泰瑞 —— 也就是格里菲斯和繪圖者泰瑞·丹頓的化身。他們住在巨大而且快速加蓋的樹屋上，有泥巴搏鬥競技場和反重力室，同時也是這對哥倆好說故事寫書的場所。《瘋狂樹屋26層：海盜船與死亡迷宮》充滿吸引讀者的事物（自動充氣內褲和七十八種口味的冰淇淋攤！），也述說了充滿挑戰性且得到回報的寫作經驗，以及和伙伴合件的經歷。格里菲斯接受《學校圖書館月刊》專訪，談談他如何成為作家，在龐克搖滾界短暫打轉，以及他對年輕作家的建議。

你小時候有過樹屋嗎？

我沒有，但我堂哥大衛有。雖然它只是在櫟樹上的簡單平台，卻是個神奇的空間。我還記得，在樹上時我們完全沉浸在想像遊戲的喜悅和興奮。很多年後，我跟泰瑞共事時也有相同的感覺，我們全神貫注的遨遊在想像世界之中！

從什麼時候開始寫作？

在我的人生裡或多或少一直都在寫作。我爸還保有一張我十歲時寫給他的「特別」（委婉說法）慰問卡。我在卡片裡威脅他，要是他不康復就會被詛咒。當然這不是一般慰問卡該有的樣子，可是很有效果……他真的康復得迅速多了。我有一本筆記本，會剪貼感興趣的報紙文章，還有笑話、謎語、連環漫畫和喜歡的故事。我上中學的第一年就寫了笑話報紙。所以，將文字送印與大家分享的那種動力，我從很早就開始了。

和繪者泰瑞・丹頓的合作情形是怎樣的？

我跟泰瑞合作至今有二十年了。一本書通常是由我和我太太吉兒（兼編輯與合作人）有了一個簡單情節的初步想法。在這階段，故事還沒一頁長，然後我們會把泰瑞找來一到兩個禮拜的時間，他會添加他的想法，簡單畫出故事的連環漫畫版。看了粗略草稿又聽了泰瑞的想法後，我跟吉兒有了靈感，於是我們再拉長故事，講得更深入，而且讓故事蠢上加蠢。

故事會不斷改變發展，不過等故事開始定型，我們就再找回泰瑞，他會補上新插圖，重畫需要更動的地方。我們總是不停的大笑、聊天、一再分心……這種經常分心的要件構成「瘋狂樹屋」系列的敘事重心，讓故事繼續連接一段又一段。要是我們運氣好，那些故事就會開始在特定位置連結成串。要是運氣不好，就得重回白板上繪圖書寫，更進一步延伸故事，直到所有故事都能充分的環環相扣。

雖然最新的作品是「瘋狂樹屋」系列，不過像《那天我的屁股發瘋了》這樣的書名很令人難忘。書名由來的背後是否有個故事呢？

我想我列出過一串真的很怪的書名候選，而這個標題真的很出色。卡洛・科洛迪的《木偶奇遇記》給我一些靈感寫出這個短篇故事：男孩的屁股長出手腳，接著脫離他身體逃跑了。故事慢慢變長，我還沒來得及察覺，就寫出了全世界的屁股都在造反的一本小說。

你在一九八〇年代時也替不少龐克樂團演唱與寫歌,是如何從樂手的角色轉換到寫作呢?

噢,真的是從寫作而起的。在一九七〇年代那些如傳奇色彩般誇張的搖滾明星,像是艾利斯‧庫柏、伊吉‧帕普和大衛‧鮑伊等人的鼓舞下,我中學那幾年都在替想像中的古怪樂團寫歌。當時為了慶祝畢業,我和同學覺得真正組個樂團為學校同學演出會很有趣。我沒有音樂背景,不過因為所有歌詞都是我寫的,就派我當主唱,在學校登台演出。接著,我在一九八〇年代初期組了一些樂團,在墨爾本一些非主流的地方演出。慢慢的,我的歌詞開始轉換成短篇故事,而我體認到自己在文字方面比音樂更有才能。

對有意從事寫作的年輕讀者有什麼建議?

拿本便宜的記事本,開始動筆寫 —— 越勤快越好。比起為了出版寫故事,花數百(然後慢慢加到數千)小時的練習更能幫你在寫作時揮灑自如。這同樣也有另一項重要益處,能讓你更了解你周遭和內心豐富的故事題材。另一件我推薦的事是閱讀,而且要讀得多又廣。

你們現在已經計畫好《瘋狂樹屋 39 層》和《瘋狂樹屋 52 層》,樹屋會長得多高呢?

問得好!這個系列超越我們寫過的其他系列,似乎是樹屋本身在寫書。我已經對《瘋狂樹屋 65 層》和《瘋狂樹屋 78 層》有了想法架構。之後,大概要看泰瑞有沒有辦法應付在實際作畫上,更複雜的建築技術考驗。當然,我確信他做得到,因為他的能力向來都令我驚訝連連。況且,我不認為我們的讀者會讓我們停手,因此樹屋在可見的未來會繼續往上發展!

準備好想像力，啟動好奇心，歡迎來到「瘋狂樹屋」！
最無厘頭的雙人組合，展開翻天覆地大冒險，
在這裡，所有想像都能成真！

瘋狂樹屋 13 層
安迪和他的祕密實驗室

瘋狂樹屋 26 層
海盜船與死亡迷宮

瘋狂樹屋 39 層
月球上的屁比頭教授

瘋狂樹屋 52 層
潛入蔬菜王國大冒險

瘋狂樹屋 65 層
驚奇時空歷險記

瘋狂樹屋 78 層
誰是電影大明星？

瘋狂樹屋 91 層
潛入海底兩萬哩

瘋狂樹屋 104 層
安迪的牙齒非常痛

★ 翻譯為二十五種語言版本，全世界小孩都愛瘋狂樹屋

★ 曾榮獲澳洲書業年度童書獎、ABIA 青少年讀物獎、APA 童書書本設計
　獎、COOL 最佳小說獎、KOALA 最佳小說獎、KROC 青少年小說獎、
　YABBA 最佳小說獎、比利時荷語兒童評審年度童書獎、西澳大利亞青
　少年圖書獎等多項大獎

老師、家長、作家好評推薦

Sama 部落客

小亨利老師 小亨利木工教室

小熊媽 親職教養作家張美蘭

大沐老師 大沐的手作世界創辦人：

王文華 兒童文學作家

王　師 牽猴子整合行銷公司負責人

吳碩禹 《遜咖日記單字本》作者）

洪美鈴 心理師、《還是喜歡當媽媽》作者

笑C.C.老師 eye上大自然

張大光 故事屋創辦人

蘇明進 老ㄙㄨ老師

海狗房東 童書推廣與故事師資培訓人

張智惠 財團法人泰美教育基金會執行長、泰美親子圖書館館長

陳宛君&閻寶Oliver 晨熹社

陳櫻慧 童書作家暨親子共讀推廣講師、思多力親子成長團隊暨網站召集人

黃哲斌 媒體工作者

黃震宇 高雄鳳翔國小老師

楊恩慈 彰化縣三民國小校長

蔡淑瑛 兒童文學學會秘書長

劉怡伶 教育部閱讀推手、臺中市SUPER教師、宜欣國小閱讀推動教師

劉佳玲 桃園莊敬國小老師

羅怡君 親職溝通作家

圓臉貓 親子生態講師

賴柏宗 臺北市仁愛國小教師

郝譽翔 作家

瘋狂樹屋 13 層：安迪和他的祕密實驗室

安迪和泰瑞打造了完美的樹屋，最神奇的是能研發出任何神秘機器的「地下實驗室」！泰瑞製造出巨型香蕉，沒想到卻是接二連三災難的開始。香蕉引來調皮搗蛋的不速之客，甚至，樹屋面臨倒塌的危險！是誰想要破壞他們的祕密基地？安迪和泰瑞能安全度過危機嗎？

瘋狂樹屋 26 層：海盜船與死亡迷宮

史上最邪惡的海盜船長「木頭木腦」復活，海盜軍團在樹屋現身了！安迪、泰瑞和吉兒攜手擊退海盜，奪回自己的樹屋嗎？神奇的飛天貓「絲絲」願意幫忙嗎？快翻開書頁，來一趟穿梭於樹屋與海洋之間的超級大冒險！

瘋狂樹屋 39 層：月球上的屎比頭教授

顧著玩耍的安迪和泰瑞忘了寫新書，眼看著大鼻子先生又要大發雷霆，幸好，安迪發明了會自動寫書的「從前的時光機」！他們只要躺著等機器寫完書就行。沒想到機器卻獨占新書，甚至將安迪和泰瑞趕出樹屋！

瘋狂樹屋 52 層：潛入蔬菜王國大冒險

不吃青菜好困擾！討厭水果怎麼辦？生薑、大蒜、洋蔥軍團即將到來，蔬菜城堡就在不遠處，城牆還是蘆筍做的！蔬菜國民要把安迪與泰瑞煮成湯了！大朋友的苦惱、小朋友的心事，蔬菜王國，我們該拿你怎麼辦？

瘋狂樹屋 65 層：驚奇時空歷險記

安迪和泰瑞最愛的樹屋竟然是「違章建築」，拆除大隊馬上就要來拆房子了！拯救樹屋的唯一方法，就是搭乘時光機回到六年半以前，申請「建築許可證」。沒想到，不靈光的時光機帶著安迪和泰瑞來到六億五千萬年前、六千五百萬年前、六萬五千年前、六千五百年前……

瘋狂樹屋 78 層：誰是電影大明星？

安迪跟泰瑞打算拍一部樹屋電影，「大導演先生」卻找了一隻長臂猿加入，與泰瑞一同演出。最佳拍檔的位置遭人取代，安迪氣壞了，灰心的他只好闖關重重保全，去吃他最愛的洋芋片。沒想到洋芋片只剩下一片，難道是泰瑞搞的鬼？

瘋狂樹屋 91 層：潛入海底兩萬哩

瘋狂樹屋的瘋狂指數快速飆升！安迪與泰瑞這回當起了臨時保母，為了保護小孩，他們掉進了世界上最大的漩渦，潛入海底兩萬哩，接著受困在無人島上，還掉入巨無霸蜘蛛網中。他們找算命師求助，卻想不到最大的危機一直都在身邊！

瘋狂樹屋 104 層：安迪的牙齒非常痛

世界上最痛的牙痛全面襲擊！不用怕，拔牙大隊出動啦！偏偏這時候，一百隻熊開始了史上最慘烈的麵包大戰，聖母峰上的大鳥也來亂！牙仙又遲遲不來救，安迪和泰瑞如何度過樹屋生涯最大危機？！

故事館 16

瘋狂樹屋 26 層：海盜船與死亡迷宮
The 26-Storey Treehouse (Treehouse #2)

作　　　者	安迪‧格里菲斯（Andy Griffiths）
繪　　　者	泰瑞‧丹頓（Terry Denton）
譯　　　者	鄭安淳
封 面 設 計	翁秋燕
責 任 編 輯	丁　寧
國 際 版 權	吳玲緯
行　　　銷	何維民　吳宇軒　陳欣岑　林欣平
業　　　務	李再星　陳紫晴　陳美燕　葉晉源
副 總 編 輯	巫維珍
編 輯 總 監	劉麗真
總 經 理	陳逸瑛
發 行 人	涂玉雲
出　　　版	小麥田出版

10483 台北市中山區民生東路二段 141 號 5 樓
電話：(02)2500-7696
傳真：(02)2500-1967

發　　　行　英屬蓋曼群島商家庭傳媒股份有限公司
城邦分公司
10483 台北市中山區民生東路二段 141 號 11 樓
網址：http://www.cite.com.tw
客服專線：(02)2500-7718│2500-7719
24 小時傳真專線：(02)2500-1990│2500-1991
服務時間：週一至週五 09:30-12:00│13:30-17:00
劃撥帳號：19863813　　戶名：書虫股份有限公司
讀者服務信箱：service@readingclub.com.tw

香港發行所　城邦（香港）出版集團有限公司
香港灣仔駱克道 193 號東超商業中心 1/F
電話：852-2508 6231
傳真：852-2578 9337

馬新發行所　城邦（馬新）出版集團 Cite (M) Sdn Bhd.
41-3, Jalan Radin Anum, Bandar Baru Sri Petaling,
57000 Kuala Lumpur, Malaysia.
電話：+6(03) 9056 3833
傳真：+6(03) 9057 6622
讀者服務信箱：services@cite.my

麥田部落格　http:// ryefield.pixnet.net
印　　　刷　漾格科技股份有限公司
初　　　版　2015 年 9 月
初 版 九 刷　2021 年 10 月
售　　　價　320 元
版權所有　翻印必究
ISBN 978-986-91638-6-6
Printed in Taiwan.
本書若有缺頁、破損、裝訂錯誤，請寄回更換。

國家圖書館出版品預行編目 (CIP) 資料

瘋狂樹屋 26 層：海盜船與死亡迷宮
/ 安迪．格里菲斯 (Andy Griffiths)
著；泰瑞．丹頓 (Terry Denton) 繪；
鄭安淳譯. -- 初版. -- 臺北市：小麥
田出版：家庭傳媒城邦分公司發行，
2015.09
面；　公分
譯自：The 26-storey treehouse
ISBN 978-986-91638-6-6(平裝)

887.159　　　　　104016634

城邦讀書花園
www.cite.com.tw
書店網址：www.cite.com.tw